还乡文丛

侘寂的魂影

海 上 著

暨南大學出版社
JINAN UNIVERSITY PRESS

中国·广州

图书在版编目(CIP)数据

侘寂的魂影 / 海上著.—广州:暨南大学出版社,2015.8
(还乡文丛/余丛主编)
ISBN 978-7-5668-1589-7

Ⅰ.①侘… Ⅱ.①海… Ⅲ.①随笔—作品集—中国—当代 Ⅳ.①I267.1

中国版本图书馆 CIP 数据核字(2015)第 181106 号

出版发行:暨南大学出版社

地　　址:中国广州暨南大学
电　　话:总编室(8620) 85221601
营销部(8620) 85225284 85228291 85228292(邮购)
传　　真:(8620) 85221583(办公室) 85223774(营销部)
邮　　编:510630
网　　址:http://www.jnupress.com http://press.jnu.edu.cn

策划编辑:杜小陆
责任编辑:崔军亚
责任校对:曾　栩
排　　版:中山市人口手文化传播有限公司
印　　刷:佛山市浩文彩色印刷有限公司

开　　本:850mm×1168mm 1/32
印　　张:6.75
字　　数:128 千
版　　次:2015 年 8 月第 1 版
印　　次:2015 年 8 月第 1 次

定　　价:28.00 元

总　序

苏轼说，此心安处是吾乡。还乡是喜悦的，是恳切的，但也仅仅是一种愿力。

我们捡拾的是内心。如何写？写什么？在此都顺应了内心，那也是精神还乡唯一的去处。

还乡是一个梦，是乡愁，是永无止境的抵达。我们寄望于怀旧、后退，甚至是保守的；我们寄生于乡土、故里，甚至是故步自封的。

不是我们流离失所，而是我们还乡之乡已经沦陷。灵魂向何处安顿，没有精神的还乡，就永远处于流离失所的状态。德国哲学家阿多诺说：“对于一个不再有故乡的人来说，写作成为居住之地。”

还乡者在路上，在返程的途中；还乡者是过客、旅人，是不合流俗的边缘人和问津者。在漂泊不定的异乡，还乡是我们的忧伤艺术。对于过去难以释怀，对于现在彷徨四顾，对未来又充满希冀。但是故乡在远方，于我们而言，始终是可望而不可即的。

“还乡文丛”是立意，是重塑，而非局限；是敞开的，融合的，也是繁殖的。哪怕仅仅是文字上的还乡，虽然它无法抵达，但或许能安放我们的心灵。

一方故土，是源头，是离散的地方……却又在等候着还乡者的归来。

余 丛

2013 年 10 月 22 日

目　录

“谣言”与“谎言”辨析

近几年来，我出现在朋友面前时，讲“汉字”成了我业余的课题。不是我好为人师，是朋友们一再怂恿。在广州的石围塘岸边有个艺术园区，我在那里办了个小规模的书画展。开幕那天，也安排我讲汉字，我几番推辞，但艺术总监说：这也是大家一致的要求。

那天傍晚，讲了三个汉字，为了释义这些字的构成和引申，讲了许多旁证字。我发现，大厅里的人们一点也没有要撤退的意思。很晚了，我对主持人说要进入晚宴程序了。有朋友说，你每次这样讲，应该录音录像，以后可以集中剪辑。

近几年我好像被认为，只会讲汉字，或者人们认为讲汉字的老海最有趣、最精彩。

我一再申明，尽量不去涉及“汉字”课题，因为我并不打算大规模地开讲。有关汉字文化的深入和拓展会牵涉太多其他的问题，有的问题是可大可小的，甚至撞上了形而上的哲思，我并没有这一精神准备。我会讲，但是必须活到了八十岁以上，我再全面地揭示汉字的奥义和密码（那些精神及形而上的密码）。

但即使这样推卸，仍然在难以脱身的情况下讲汉字。我对汉字着魔已经几十年了！

了解汉字初创时期古人为什么这么写，就可以得到这个汉字的第一时间的“初义”。沿着它历史性的使用，或者历史性的引申及他用，这个汉字脉络可以提供许多古人的思维方式和文学情操。

问我字的人会冷不丁地说一个既简单又难解的字，往往这样我会竖起拇指说：厉害，这个字连汉语言文字学家都没说过。这也是最具挑战性的，我乐意为此思考。凡是没人说过的，更激起我叙说的愿望。多年下来，除了个别汉字为了守护它的神秘性，我不能过早地说之外，已说了好几百个汉字了。

记得那天画展开幕式上说的是“后”、“毓”和“育”这三个字。还有一次对前来聚会的人顺便讲了“广州生活艺术地图”八个字，因为当时他们给了我这份有艺术线路的广州地图。

其实，无论讲什么字，每一个汉字一定会有一个出处，即最初始的字义和用途，古人会以当时的思维兴致点来创造这个字。所以，汉字除了它所含有的技术性、功能性及符号性外，更重要的是它的人文意义。它可以让我们追溯到几千年前的人文情怀和文化思想。

所以讲汉字，就是要讲出它的“人文”。

我的汉字解密思路与学院出身的学者们有所不同的是，他们是讲技术性的，是以许慎的《说文解字》这一脉络延续下来的。许慎的《说文解字》中，更多是以历史视角说文，而解字方面，断断续续地不透彻。中国学院式的汉语言文字学，都遵照死板的既定的象形体系去认字识字，而绝大部分的汉字均没有进入这一体系，遭到搁置或避弃。有的汉字根本不去解析。从已出版的有关汉字的学术著作看，太多的字被专家们一再传抄，而太多的汉字被专家们置之不理。

我无权评判他们的逻辑，但我的汉字解密思路肯定是独成体系的，且从不回避任何一个汉字。哪怕这个汉字在历史上已被讹传讹写，也要说出它最可能接近人文源头的含义。

汉字形成之前的史前人类已学会了文化表达，所以这里的可变性的复杂关系是有很多因果的。但是汉字体系如此庞大，并且在承担中国文化思想的传播中历久弥新，这是很让世界吃惊的。

我曾说过："若是要走进中国文化，触摸国学，从汉字开始追究，是一条更幽闭且更有脉络的途径。"

最近几年，说不讲汉字的我，在大大小小的场合也讲过了许多次。我感到听者的兴致极高，有的人提出一些很外行的问题，特别触动我，也使我从多方位思考。

所以说提出问题的是这个问题的发现者，这就是我想说的我们往往不去注意的汉字的细节。那天有位朋友说：你常常强调说，诗学的想象力是科学文化的先驱，那么这样也许会胡思乱想，最后有可能是错的，怎么解决？

那我就讲一个千年谣言，科学证明月亮里没有吴刚、桂花树和小白兔，但是直至今天这个谣言一直使我们沉醉在其浪漫诗意中。因为从一开始这个谣传就是诗性的。谣言区别于谎言，这就要从汉字来解析……在《诗经》之前，民间的诗唱和赋比都以谣传的方式，所以有“民谣”一说，也可称之为“歌谣”。但绝不会称为“歌谎”、“民谎”。

在遣词中，古人就有了这种区别，而这一区别正是文字创世之初的构造和用义。

凡是偏旁类的文字，首先是字的合体功能。“言”字旁，归属于“言说”、“发言”。古汉字的“言”、“音”与“舌”，几乎是同一字，但由于各自承载的细节不同，所以有了以上功能性的区分。但它们都是以“舌”为基点。

“谣”字的主构部分是右半部分，它是“爪”和“缶”的上下组合，示意抓住了一个事物事象的最精彩、最精华、最具灵魂的部分。古人以“缶”字来体现对事物事象的重视。“缶”这种器皿在几千年前正在成为普及民众的器物，更重要的是它发展成为祭祀时的乐器。

“谣”字右半边辅以“言”旁，已然说明了它的功能。

而“谎”字虽然在今日已接近“谣”的本义，但是“谎”的原始用义显然是不同于“谣”字具有的道德意义，至少它无“礼”的承载。

“谎”字，由“言”和“荒”构成。“荒”字代表一种杂乱无章的野，比如“荒原”、“荒芜”、“荒野”等，辅以竖心旁组成“慌”。

“荒”字由草字头和“㐬”（huǎng）合成，“㐬”在“毓”字中的功能是“分娩”，比“生育”的功能更具体；它虽然亦表达生育，但是它就是“分娩”这一环节。在“谎”字构成中，“荒”的意境增添了草字头，它表示一种掩体，一种遮蔽，在这种遮蔽下，大地的生命力还在延续。“谎言”借此大意，说明谎言亦可以漫无边际地扩延……

谣传的原始本义是传说一种想象性或猜测性的故事，而撒谎却是阴谋式的传播。前者和后者由于都有虚构性，所以历史的衍用使它们越来越难以分辨，以至于直到现代，“造谣”如同“说谎”。日常用语已经把它们混在一起了。

“谣”字右半部分的单元，可以组成“遥”、“摇”，下面部分还可以组成“窑”、“缺”等文字。这些文字都有创造的性质和诗化意义。

而“荒”字是掩饰的，蒙蔽的；下方的“川”字是流动的，甚至于是可以成灾的。

“造谣”的事象一旦破灭，如同打破易碎的“缶”（陶器）。

“说谎”的事物一旦开始，就会用更多的谎言来圆这个谎。

谣传被揭示真相后，还剩下诗意般的想象力和编造能力。如刚才说的“千年谣传”，月亮里有吴刚和桂花树，嫦娥奔月的故事跨越了整个文明史，人类由衷地信任它的神话意义。

谎言被揭穿后，只会令人睥睨唾弃。

中国汉字的思维性特别强，任何一个字的起初阶段必须有它的贴切意境。而中国汉字的资源也庞大复杂，在我们看来相同的意义，也会以不同的字分别运用。譬如表示“自己”的汉字有：吾、予、余、自、己等。现代用语就是“我”，但“我”字并不仅指单一人称，“我”字可以与“们”字并置用。“我们”包括了自己和大家，而“吾、予、余”等却不可以和“们”字并置使用。什么时候说什么话，与谁说话时该怎么使用“吾、予、余、自、己”等都是有思维逻辑意义的。

中国汉字的造字历史不止几百年，最古老的文字到中古后期的文字，它们相差了几千年。

汉字在历史的文化交流中，有了太多太大的嬗变，每一个时代都有不同的兴趣点和价值观。任何时代都会出现“热词”，因为有了“热词”的常用性，会冷落其他不常用的文字。

刚才说了，汉字的资源是十分充足的；但如此充足的字库，要跟上人类文化思想也是难尽人意的，故文人们都会有语言枯竭的疑惑，有词不达意的遗憾。毕竟人类思想越来越深化，想要通过语言必须遣用的文字来表达，有些一言难尽的幻灭感。

正是由于有了这一难以完美的事象存在，诗人文人才会如此孜孜不倦地追求语言的内在张力。这也是汉语言文学的魅力所在！

解读汉字第一要有专业的知识和技术，但思维方式要接近它的初始。演绎它们更要有人文境界，让每一个汉字尽量还原，回到它受孵的思维故乡。

2014 年 5 月

朝觐太阳神

你可以想象一下，一万多年前或八千年前的整个大西北磅礴的大山里没有任何建筑，没有文明痕迹，山谷深处却生活着到处迁徙狩猎的游牧民族，他们甚至如动物般地漫山遍野地玩或者格斗。男女之间，随时可能发生野媾。

今天贺兰山下的银川，从字义上看，远古时代就有一泓闪着银光的大河流。银川就是一个诗意的地名，是人们叫出来的。但银川在没有建筑街市之前，也是山，只有人和动物穿行的空隙，没有今天被称之为路的路。杂草和树林间，到处有活物。一年春夏秋冬的气候顺应于自然……人和动物时而相互追逐，时而相互厮斗。

这样的生活又是几千年，世世代代听天由命地活着、玩着，本能地生长着、繁衍着。

……

我站在贺兰山下，望着这广阔的石头滩。哪来的这么多硕大的卵石呀？

同行的朋友拍了拍我的肩说："待了这么久？发什么感叹？"

感叹不尽。

如今，这里方圆N公里没有什么人烟，这些石头地也种不了庄稼。城市核心在银川，但在远古时期，没有银川这座城，它是遍野的荒林和荒山。而贺兰山却牛羊成群……一支支游牧到此的部落氏族开始划地为营。男人身上都有弓箭，女人都披着草叶。他们白天最大的事业是找吃的，晚上就在野媾时号叫。

原始走向文明的漫漫世代，是他们为华夏这个日后在世界鼎立的民族繁衍……人种在野合中得以进化和融合。

贺兰山原来是人类文化的摇篮呀。

"走啊，你净发呆了，天色很快就晚了，我们还要去西夏王陵呢。"朋友魏东催促说。

此行最初是四人，由魏东领队，马威做后勤保障，还有一名记者朋友随行，最后都是为了我。我早些时候提出要考察岩画，走一走已被人类历史遗忘的岩画圣地：宁夏贺兰山、中卫大麦地等。以后，往上往北越过阿拉善去内蒙古的阴山山脉寻找非旅游点的岩画。

贺兰山已作为一个文化旅游点了，但走马观花而来是为了祭拜太阳神，这具人面太阳神早已成为贺兰山走出国门、走向国际的面孔……从此世界的人们纷至沓来。

或许人类心目中还有神的位置。太阳神在世界范围内都被敬仰。而岩画、崖刻的太阳神唯贺兰山独具文化创意的种族特色，只从图片上看是难以平息好奇心的，所以我们来了……

据说这岩画中男性的脸反映了后来父系社会对男性的崇拜！有国际地位的太阳神像，也是贺兰山岩画里绘制地点最高的一幅，离地面二十多米，是远古先民对太阳崇拜以及神性意境的擎祀！

在景区内有一条干涸的河床，河床上有红岩石的碎片或贺兰山体风化掉落的石块。贺兰山的山势有一种奔行的趋向，那么一致地倾斜于东方。犹如大海的固体雕塑，浪群的集体奔向仿佛定格于一万八千或十几万年前的一次海啸到来的瞬间！

太壮美了，贺兰山。

我停了脚步和同行者们一一握手，感谢他们陪我此次旅行。你知道吗？人的一生可以许多次说：等有空去看看。可是“空”等了一生也没“空”。

而我能活着见到贺兰山，接近它的气息，使我有一种恢复神智的轻盈感。我开始在山谷、河床、石砾堆疾步奔跑。手中的相机不停地拍摄，看见什么，就对同行者哇哇大叫，他们见我如此孩童气，也笑出了声。

魏东的相机更专业，技术比我高 N 倍，我要求他多帮我抢拍一些入他眼的镜头。看见山体上的任何痕迹也多拍一些……他又是老户外运动员，在山路上蹦上跳下地不知疲累。记者的情绪也不低，嚷着要魏东把捡到的漂亮的小石块送给她。

他们在河床上捡拾到的红岩石片，犹如缩小版的岩画，真好看。难怪他们一下子全去了河床。

在太阳神的位置，魏东给我们一一拍了照。每个人的手机也反复拍了。

这是什么人的杰作？一万几千年以后被世人瞻仰、祭拜和凝视。太奇妙了，这样的创作这样的人神合一的想象居然远在还没有文字的史前，他们是何等的有慧根！

有一个伟大的部落在贺兰山下诞生，有一个伟大的神巫统领着这个群体，有一群骁勇善战的骑士，手执弓箭，在山林间奔驰……他们最频繁的事就是祭祀。祭天地、祭鬼神、祭祖灵、祭大自然所发生的奇异天文和地理。这些大事由神巫带领大家忙碌，或许是几日几夜地备肴，牛、羊、鹿，以及部落能找到的世上最珍贵的礼物，他们毫不吝惜地先奉上祭祀。

他们自己的食物都是祭后的分配。

他们崇拜神灵，视生殖为神的力量。他们酷爱草原，那里有他们饮用的水和牲禽……他们最大的信念就是活下去，而且活出力所能及的快乐。于是他们为祭祀起舞，为生殖起舞，为交配为获猎为……他们找到了人类最初的乐趣！

贺兰山是一片很大的疆域，沟沟谷谷众多，几乎古人类在每条沟谷都有庆典活动和祭祀记载——以岩画记。

我们走出景区一段路，往右边的山谷走，无奈山路被封锁了，要通过它们没有当地放羊人带路几乎不可能。要真来驻扎考察，必须有足够的户外装备和食物，还要耗上一段时日，才可能找到岩画。

下一站是中卫的大麦地。从地图上可以看到地名，但是一到中卫通过司机一说那就等于大海捞针了。大部分人根本不知道什么大麦地岩画，对大麦地的地名也仅知道一个大概方位。司机也是有缘分的人，他认识当地一位腿有点瘸的牧羊人，可惜此人现在县里打小工，若叫他赶回乡下来要坐出租车。我们马上说，只要是能找到大麦地，车费好说，司机说："那我也耽误了。"我说："司机大哥，不管怎样的结果，今天的损失我都给你算。"这才让他从精神上和我们为伍了。

我们就在不知何方是"大麦地"的一个县级公路的十字路口等待，等县城的牧羊人坐出租车赶来。这边的司机一直为找他，让他坐出租车以及答应他的费用报酬等而通着手机。

苍天还是开眼的，让我们终于等到了牧羊人。他的腿确实一拐一拐，但走的速度一点不比我们城里人慢。

我们一行已经发展到六人，所以两辆车在牧羊人的指点下往太阳落山的方向疾驰。

荒无人烟的山峦……好像这里有什么金属矿藏。山谷间只是通道，根本没有路。荒山上为防风沙，种植的只是一撮撮的骆驼蓬和沙棘草。而我们看见过的一簇簇粉红色的草团团，却早已离我们远去……越往深处走，越是一片荒芜。

没有这位残疾的牧羊人指路，谁可能在这山缝里找到这路？不敢往里走呀。

终于看见一个水泥墩上的石牌：大麦地岩画保护区。大家风尘仆仆地往山坡上奔，我一口气跑到山上，捡起一块铁锈似的石块说：这里有铁元素呀。牧羊人说是的，这是铁石。本来小时候跟他父亲放羊来过，以后从未来过了，也有几十年了。

“那里有岩画吗？”

他望了望夕阳说：“小时候就见过，有的呀。要找那种突起的石头。”

我们开始往突出的山尖跑……跑了好几个山头，夕照的天边渐渐更红了。

那天，我漫山地奔走，一个是时间在迅速地跟着夕阳私奔，我怕天黑一点再看不到任何东西，一个是这个山冈到另一个山峦，只是一个又一个的起伏……牧羊人又走得快，他还时不时地弯腰在骆驼蓬旁捡拾一种叫“发菜”的黑乎乎的东西，我一直盯紧了他。

我问：“已经走了十来个山头，怎么一点岩画的影子也没有？”

他疑惑地看着稍远的一座山说：“我们去那里看看。”

“那还不快走。”我又跑了起来。

同行的人中有人跑不动了，魏东指着我的背影说：“你看他，六十出头的人，像个老头子吗？”

终于在一座城堡似的悬崖上看到了岩画，先只看见一组模糊的东西，但是整个悬崖太陡，幸亏还不高，十来米。低处只有几米……这些人加起来有十几只眼睛，接下来只听见起伏的叫声，都有发现，而且越发现，图式越分明，岩画也更复杂。从简单的图案仔细往崖缝里找，一组一组的狩猎图、野马和射手图，最大的一幅图更为精彩：一只庞然大虎，它的周围有人影了，还有其他动物。魏东以不同角度拍。我试图打开矿泉水瓶，喷些水让它更显现……一群人终于兴奋起来，忘了饥饿忘了疲劳，忘了在什么地方，仅知道我们是看见了几千年前的古人笔记。

如同他们刚走，我们后脚找寻而来……

寻找到远古先民的手迹就是听他们说着神话故事，很久很久以前，太久了。我们还算赶上了，再过些年这些根本没有任何保护的文物，真正的非物质文化遗产会完全风化，到时我们或许会后悔。现在还没有到后悔的时候。

牧羊人答应我，一群人到他的家里宰一只羔羊吃。我告诉他，他是一个了不起的发现者，他口述了孩提时代看见岩画的惊奇。他比那些考古专家早发现二十年。

从岩画地开车到他家，也走了近一个小时。他们放羊人从家出发去大麦地，羊群慢慢地移动，需要两个多小时。因为天太黑，到他家已经看不清羊群了，只见屋门口一大堆玉米和蔬菜。

牧羊人把山上捡来的发菜交给大家重新挑拣，做了一个汤。羔羊肉煮了一大锅，我们吃得十分欢快。

大麦地的岩画也是与内蒙古交界的疆域，时间仓促，而且我“连累”了这么多朋友，不敢再往深去了，但我暗暗地决定了，不久我会重走一趟寻找岩画的路，从这里还要跨过内蒙古，一直到阴山。阴山下来再西去，走到阿尔泰山脉。

整部岩画史可能就是史前史的核心。它让我们追根溯源地找到几万年前，祖先与神祇对话的山头。

2013 年 11 月据笔记整理

传神的水墨艺术

这里是水墨卷宗中较为值得关注的一章，所以它不是实验水墨时期的文本，但它亦是作为个人创作历程中永远的“实验”。然而它也不是任何流派或边缘归类。记得一位青年诗人曾赋诗：“你不给我位置 / 我们坐自己的位置 / 你不给我历史 / 我们写自己的历史。”

同样，在水墨艺术领域中，现在他们重写自己的历史。

每一位成熟的水墨画家都经历了紧张、惶惑、迷惘及惆怅……严格地说大部分从事绘画艺术的人都在这些经历中，一部分人偏执正见，一部分人流入趋俗。唯有极少数能持守文化信念，但由于知识结构的无序，弄得毫无头绪。在多元文化形成一个时代共生的场景时，每一元的理由和事实都会找到存在的停靠点，使心存疑惑的缺乏独立思考的画家在这多元世界散失自己。

疑问的空间即思考的空间，从理念中断析“水墨画”的概念较“中国画”更为现代性。宋庄水墨同盟基于这种认知才逐步形成共识。“水墨艺术”（水墨画）将“中国画”东方地域性概念的名谓置换成直涉艺术本源及文脉的命名，同时带出极为重要的东方文化暨中国文化整体思维赋予的通悟性。

通悟，从视觉审美到文化阅读形成一组艺术审阅的经纬线，或有多类艺术作坐标借鉴的评判方式，唯有中国人最懂得“墨象”呈现的神奇效果。中国人制造的墨象不仅为唯物景观，更为唯心的精神状态。

而现代水墨的创造者，应该绕过千年描绘具象的老套路（前辈的经典作品业已完成了这一使命），以感悟能力去制造非具象的水墨艺术。中国美术界被迂腐之气的现实主义创作独占了大半个世纪，中国人传神、传智的五色墨趣被现实主义绘画垄断了；从此丧失了品阅绘画艺术的“神志”（真可谓神志不清、神志模糊了）。

水墨艺术与文化意境有着共通的元叙述思路，当中国文化在失去神性的那个岁月、那个时候、那个瞬间起，艺术信念正在被外来的文化及物质文明拽落在现世实用的污淖里。

城市化进程、工业革命和单一的唯物世界观切割了中国人的文化生命血脉。失去神性后的变异的中国文化从此不再神圣。中国水墨艺术不再神奇。艺术世界不再传神。

而完整的中国文化中的神性文化却是最为重要的元素，它正是中国人常常体悟着的“只可意会，不可言传”的要领。对绘画艺术审美领域而言，它是中国人的神觉思维。

今天若强调“文化中的神性元素”，学术理论界、文化界及思想界会予以不屑之辞。几十年来的中国学院式教育，理性地排斥了所有的中国文化传统中有关“神、巫”等视域之外的文化基因，因为学院派的文化知识已被半个多世纪“唯物、现实”的功利主义漂白了。

真正中国文化的三原色已从生命记忆中被忘却。

二十一世纪的幸运，就是中国人有了再次提及“文化复兴”的机遇，恢复中国文化自由自在的（以《道德经》所指本真性、本来如此为境界）生机和气息，恢复中国人自由创造的独立意志……水墨艺术又进入新一轮的契机，艺术家们可能遵循精神需求制造智性墨象展示和表达形形色色的心像图式。

文化传统是历史积累的创造，它是由一轮又一轮的创造形成的传统。这是一种负有使命的创造传统，需要今天的艺术家给予传统以新的积累，如果今天的创造成为事实并积累，也是百年后的传统。中国文化有五千年延绵不断的传统，我们没有理由丧失对自己传统文化的信仰，我们没有理由置五千年的神圣于不顾，去迎合西方强势文明形成的时代性的冒充的世界文化。

中国的水墨艺术隐含了诗学意境的宇宙观，迄今为止，全世界的地域性文化都不可抵达中国人的诗学境界。

水墨之“道”从根本意义上提示了宇宙学本源和人道法则，人类在宇宙大生命场激发自由创造、自我认领的生命进取之乐趣。道由德承，在人自由成长的历程中，神性生命和自然生命在支持、鼓舞着人的自由创造，同时也永远矫正着人的迷失和疯狂。

水墨之“德”遵循的“宇宙大生命”为文化本体，诗意而艺术地展现“神—人—自然”的奇美慧光。三维生命的相融交会，是中国文化传统精神向更高层次的贯通和发现，同时也包含着对世界诸般微妙事物的深刻洞察。

但是中国半个多世纪以来，在文化领域及相关的体系中一直在诋毁“传统”，他们对文化传统的旧体制和沿袭传统而生产的古板旧辙，统统视为烂履，所以抛弃传统或继承传统的思想观念已经混淆不清。尤其在绘画艺术界，这一名词早已被弄得面目全非，“传统”成了“旧陋”和“陈腐”的总称。学术上也没为此作些历史性的整理。中国文化传统精神，难道就这般可唾可弃吗？当今的思想学术界因为远离了真正的有神性思考的中国文化，散布的道德价值观已趋向后工业文明及城市化进程所带来的物利主义、伪善主义。

由于无视文化本体（宇宙大生命中神、人、自然）的广博性和隐秘性，以一家之说或学院话语为至尊之体，从而形成了违背中国文化真谛的话语权——形成文化专制。由此造成的狭隘和专横阻碍着文化的推进，阻碍着全面复兴中国文化精神的进程。

这个世界让人类的浮华弄得支离破碎。地球坑坑洼洼的创伤里，遗弃着人类各式各样的文化残碎之物。人类生存与信仰都受到严重的伤害。清理危机与整合散失的文明是人类当务之急。

重建安身立命的精神家园，中国文化应对世界给予巨大的抚慰。

文化的全方位进步，离不开自由创造的品质和环境。哪怕危机密布、陷阱重重。中国人只要有一丝希望，也会有有识志士向世界人类展示他们的发现和创造，对中国文化的信仰就是他们的护身符。

水墨艺术确实是一个很大的艺术世界，严谨地说，它是千万拼图配构的艺术领域，任何个人的绘画都是这个领域中的配方（当然是合理、合格、合调的个性方式）。水墨艺术之所以衍生出各种表现形式应该都有存在的理由。这个存在亦是“互补”的。

元叙述的粗犷、史诗性的道德追索，甚至与水墨艺术的形而上神态和文化气脉是共通的，技艺风格却各有所造，墨像、视像、心像都有着一定量级比重的原创性。更了不起的是水墨艺术的文化神性被他们触到了、触动了，神与自然与人息息相关了！

我们所说的文化传承，在中国绘画史上可以找到多少关键性的不凡之辈。水墨艺术的文化属性及民族身份在整个世界艺术中更是值得昂然的。一个有生命力的、有神性源脉的文化传统，总是在创造和批判中得以进步，水墨艺术也同样秉承原发的生机，走向它原创的未来。

每个水墨画家都有这个创造未来的权利。

可以说水墨的新纪元到来了，我已感到这种神兆。新水墨世代随着中国文化的复兴回到中国人的神觉中。

中国水墨经历了该经历的岁月，“实验水墨”时期留下了该留下的真知灼见，淘汰了该淘汰的图像垃圾和西式把戏。视觉大餐后，我们也强化了胃口和肠道的消化能力。

中国水墨博大浩瀚，既通达人文又融汇天地神性。

当我们说“永恒、苍茫、沧桑、精神、亘古”等这些词藻时，我们真的没有觉得这些文字的象性本质就通神和巫灵？这些词在文字上给予人类的想象也就是“大象无形”的东西。但是“水墨艺术”把它们展示出来——无论是什么图式载体，只要是东方的。

从天灵到心灵，从天神至心神，中国人对世界宇宙的直觉认识在水墨技艺中（操练中）已经暗示这一妙不可言的智性。

墨迹、墨痕所传递出来的心灵心神的信息世界是不可言说的审美要领。

水墨画原本是国学范畴内与文学并存的一个重要体系，国学被冷落了大半个世纪后的今天，使国学内蕴的各种体系互不相通，中国学术（国学）文脉失承。在西方文化严重的冲击和扰乱下切割支离，唯有中国文化真正复兴，水墨艺术才能精神复原。但是，水墨艺术家们却不必等闲期待，要以创造力的能量打通各系文脉，使国学得以重归重塑。

今日一提及国学，总有为老古董之嫌，毕竟它在长时间的解散中停止了纳新的功能。水墨艺术有天趣的肌理，而国学建构亦有它耐人寻味的思维纹理。

是该让世界瞩目中国学术、中国艺术的时候了！

我从新一轮的水墨艺术创作中确实看见了幸运朕兆。

人籁苍茫

——关于艺术的言说

一

在我所知的艺术世界内，绘画艺术一直牵动我的神经末梢。在活了五十多年的生命历程中，我所结识的朋友，画家占的比例最大。我突然发觉中国画家如此之多，令我窒息。

直觉告诉我，做一个成功的画家是多么不容易，做一个有独立创造意识的画家绝不容易，做一个有文化底蕴和思想的绘画艺术家更不容易。

好的绘画作品让我看到或感悟到所知世界之外的未知世界。这就是我喜欢鉴赏绘画艺术品的最大理由。这一点也特别告知我，凡是让我感知未知世界的作品，至少有成为艺术品的基本元素。

对人类而言，未知世界大于已知世界。如此才使人类生存在天地之间，乐此不疲地追索着什么。未知的世界首先勾引起我诗意的想象……

在我不可企及的未知世界里，艺术家早一步提前抵达它的边缘，甚至闯入它的境界。这更是我对画家尊敬的理由。

我常常认为，绘画艺术家表达世界观及宇宙观要远比诗人、文学家直接得多，他们对宇宙的传神描述证明他们生命中的视觉系统的发达。

我一直重复思考着一些老掉牙的问题，譬如“超越性”问题。

我们经常在高谈阔论时说，艺术是超越一切的。当然这“一切”包括了时代、政治、世俗价值观以及当下的审美系统。而我们真的超越过么？另外，超越了的作品是如何鉴别出来的？

再譬如，当地绘画艺术界的话语权究竟在学院，还是在民间？

还有，画家对自身的修为问题。我真的发现，许多画家和文坛上许多诗人、作家一样缺乏文化且没有独立的思想。他们都在依附社会价值观大体系下的评判原则，向这个价值取向急切地靠拢。

于是，他们所谓的自由精神正在萎缩。

画画真的不需要文化功底吗？我的回答绝对是否定的。

有的画家一听我谈文化就烦躁，他们不愿意再去追踪文化的根脉。别企图说服他们，因为他们也有一大堆不要文化修为的理由。有例子可以说明，从“八五美术新潮”以来，有不少没有文化的画家现今已经是国家级、世界级的知名人物了，而且卖画卖到了一定的身价。

“成功”的画家开始制造自己的“行活”，诱惑了心智不健全的小画家们。

跻身“卖画”的行列难道是功成名就的唯一标准？

我的答案也是否定的。

绘画事业是神圣的，前面我说过：好的绘画作品可以引领人类从已知世界进入未知世界，但是如果把绘画和生存捆绑在一起，就神圣不起来了。

艺术，永远有两难的境地。生存，二律背反地折磨一个画家的思维神经。

于是不同层面的画家有了不同层面的人生表现。

而且我们总会要求画家们能把持自己，在严酷的生存环境中不迷失自己。

在这里仍然也有我们所认知的精神世界和不可知的内心世界。我们仅仅能粗略地猜出他们的抑郁或苦楚，但猜不到他们会往什么方向走。

同样的艰难会走出不同的艺术人生。

二

许多迷惑中的画家既不想扔掉已拥有的可怜的一点点题材和语言，又很难重建新一轮的有高度而大气的想象空间。归根结底，还是文化含量不足。

人，一旦拥有了什么，就是什么在拖累他，使这种拥有成为一种负荷及累赘。一个画家要走完一生，但在整个过程中曾停留过多少次脚步，就因为他以为自己可以坐拥一方功名了，或者他被已有的“成就”封闭。自我囹圄是许多艺术家的自恋现象，而且在很长一段时间内倍增他的“偏执”。

赫拉克利特说：“偏执是一种神圣的疾病。”那是针对气定神闲的思想者而言，当看清了你追求的和你自身的功力，你才有资格为个人的信仰而持守。于是当外界怀疑你时，你的偏执护佑着你的“神圣”，这种偏执就是神圣的临床表现。

你的信仰就是你一个人的“宗教”，你用你独特的艺术表现力去“祭祀”。

我们最终会拥有什么呢？

我们最令人欣慰的只有人生而已。当你走完一生，这一生所留下的种种痕迹就是“所有”。而画家一生画出的画卷——这样的痕迹是真正的痕迹——它表达了一个画家内心所想象的世界（当然那些没有创意的画匠们另当别论）。

画家仍然是我等闲人所敬重的人物。我说过，好的绘画作品引领我们进入未知世界……从精神生命角度说，使我们在未知世界中领悟现世世界中所感受不到的东西。

人的生命和宇宙赋予的生命维度同时散发能量，我们的生命构系中是肉身的物化生命和内心深处的灵性生命，还有物化与灵性之间通融的精神生命。这是宇宙的自然力量，给予生命的个体能量。

画家更能体悟这三维生命组构的激情，画家有着艺术表现的原动力也正由此发出。画家和一般人所不同的也正是生命全幅全景式的思索。

三维生命的并置感受使画家比一般人更多地产生想象力，更多地发现着想象中的（未知世界）场景（画面）。画家的语言直抵那个神奇的未知世界。

简而言之，没有这种传神的语言就不是个好画家，也就是说这是不具备创造能力的画者。

在今天这个物欲社会里，画家容易走失，最终找不回自己的原因是受到了极大的物欲的诱惑。

行尸走肉，落魄潦倒的文人、艺术家在这个现世世界里不是很少，而是太多了。他们被灵性抛弃在自己的残骸上，等待腐烂……

真正有良知的画家不会走到那一步，因为良知让你持握自己的生命根蒂。贫困或艰难也不会改变你进入想象思考的状态，你仍然会带给人类一个新的神奇。你以传神的描述，表达出生命中的绚丽。

我永远相信这一点，所以我更看好磨难中的好画家。

即使你什么也不拥有，你的灵魂拥有你这个“神器”，在你的“神器”中装有良知、装有梦想、装有信仰。

和画家们在一起，我会精力倍增，停止衰老。因为我喜欢在现实世界和未知世界的出入口，进进出出地感悟全幅生命。

不是经常有人问，艺术有什么用吗。

告诉提问的傻瓜：艺术对生命有极大能效，艺术协助人类去亲历生命场景。

三

雕虫小技或卑琐、小气的绘画符号（语言）是无力完成对壮丽的生灵海洋所呈现的缤纷进行传神的抒情或描述的。美术史的资讯告诉我们，我们用了最大比例的时间在重复着市侩式的创作。而这些创作的主要用途只是供社会上层人物玩赏，同时也作为社会知识阶层中儒雅的技能。

于是中国传统文人画自然而然形成了。

令人欣慰的是，当文人画如此儒雅而孱弱地流行时，中国的庙宇里却出现了有宇宙意识的宗教绘画。这种颇有意味的现象在中国文化史、美术史演示着。我们忽略了对它的审视。

同一种文化基因在信仰的强弱差异中，产生了不一样的效果，我们今天有幸地保存了包括敦煌壁画在内的中国最具人文、宗教意义的，展示宇宙天地人间和人类万物的神性的杰作，这些遗产足够证明，中国有超越时代历史的伟大的传世绘画神品！

中国有傲立于世界美术之林的绘画传统。

如果我们仅仅将文人画视作绘画艺术的正宗传承，不能完整说明中国文化中的笔墨精神；忽略使我们的批判力找不到准星。为此，我们已经犯下了在传承的使命中不该犯下的错，即将反叛文人画传统的批评焦点作为整个绘画史受辱的理由。

当代美术思潮掀起的一股全盘否定中国绘画艺术的恶风，确实推动了一场绘画艺术的“革命”，可惜这种革命仍是继“五四”以后，再一次向西方文明献媚的运动，导致后来把画卖给西方人作为被西方承认的唯一标准。

而另一方面，中国的水墨绘画却在一批学院派的陈腐的研究中，一直在沿袭文人画的套路，越走越没出路。“八五美术新潮”后，水墨被实验得光怪陆离，也是借用了西方的审美理念，只是用中国式的载体。于是，实验水墨也似乎走到了死胡同，离中国笔墨神韵越来越远。

自从中国国学断脉、扔弃后，中国人已经在实用主义的功利欲望中学会了切割，把艺术和文脉切开了。没有文化的艺评家涌现在主流话语场，他们几乎用瞎说讨好一批画家，用沉默无视一些人，因为他们官方的职称和饭碗。

“功名”这张彩票已经变成了一张网，将疯狂的人们一网打尽。

该是正本清源的时候了。

中国文化从晚清以来，就面临日甚一日的内忧外患。随着西方文化的节节逼近取胜，救亡图存的呐喊、辜鸿铭的长辫、王国维的沉湖，其中的悲剧意识只是在少数被称作“复古”的旧知识分子那里得到认取，他们在艰难而落寞地辨析复兴民族文化的可能性。

梁启超先生曾倡议：“中国要强盛，非得要来个文艺复兴运动不可。”可惜应者寥寥无几。他也试图复兴墨家的精神——独立、勇武、博爱和平民主义，而这种努力也只得到极其有限的呼应。

近百年来，“复兴中国文化”的情结一直搅得有抱负的、有血性的中国文化传人心神不宁。近代中国文化复兴先驱其创造性的精神成果惠及港台及东南亚地区的社会发展和文化进步。

本着复兴中国文化的最基本的民族道义，以期完善梳理中国文化的全幅生命，盛世中国已经到了彻底恢复文化元气的时代了。

只有中国文化的复原，才能带来文艺的复兴。

文艺复兴的向往并不是复古，并不是回到古代的艺术思想圈中，而是接续中国文化传统中的人文勇气与人的崇尚精神。

深切的人文关怀，是中国人安身立命的重要理念。中国人追求的自然哲思，就是为了人类诗意地栖居于大地之上，就是为了让生活在大地上的子民认知天、地、人之间的自然关系。在这种切实的认知基础上，民众将得以安居乐业，建设家园，忠孝邦国。

古老文明的中国人就是通过自身的力量（感悟与智慧的能量）和自然万物比较中生存了几千年。赢得了创造性的生活方式、生命尊严和生存自由。

开启中国文化及艺术精神的神话传说，已经具备了各种艺术领域的基本元素。从盘古开天地起始，女娲补天，伏羲和女娲作为中国人的始祖，直至神农、大禹以及战国时期的诗骚，每一个文化进程，无不表达出中国人以神性冥想的诗学精神（文化精神的内核体系）。

这些艺术领域，包括音乐、绘画（其中汉字书法）、武艺以及古典舞姿。概括一句，都是一种画面的场景。这就需要除文字之外的绘图记载。

画家的使命已然与文本有关了，而且成为史学档案，所以画家的一笔一画都代表了一种可超越时代的理想。

文化史是人类的文明史，人类为了超越蒙昧和野蛮，以最大的人文自然观诠释了天、地、人的自然关系，从而与万物一起迈向自由王国。

中国五千年的文明足迹，已然证明了人类是天地之间的管辖者和大巫师、大祭司。自由人类所开创的万物竞自由的思路足以解析宇宙大生命场的进化规律。

略谈“水墨”的文化内涵

一定要有个承前启后的人文见解才会凝聚精神——精气和神气共生的母体元气。

既然一谈及水墨精神，国人总有一种文化的自信和自豪，那么这个话题本质上就牵系着国学根基。“国学”是中国文化契合性最广泛的学问——中国文化中通融、通一、通弈的万能血型。

可以原谅的是，整个社会在大张旗鼓谈论“文化”时，其实只是在缝制一件文化的外套。“文化”，是一桩多么复杂的伤筋动骨的事业啊。而今，急功近利已深入人心。文化人及文化的浮躁现象也已遍布社会。

追加一句：他们都穿着高级的“文化外套”。

回到话题。“水墨精神”有外延词组，就是“笔墨精神”。它们之间并不矛盾，只是一种延伸关系：“笔墨”比“水墨”有更为专业的指向，但也增加了中国人用笔的一种精神；“笔墨”是“术”，而“水墨”在涵盖“术”的同时，首先是“思”。

中国人首先是“思”，其次是“术”。“学术”一词道出的也是这两者之间的顺序关系和综合功能。

我们远古的老祖宗远比我们今天的人要“神明”，他们意会到的天下事物，或者说他们感知的“机锋”，是源于最根本的“道”、“太极”、“空无”……由此起始而生成事象。一个“墨”字，是古圣贤对“黑”的生成认知，古圣贤对“五行”、“阴阳”的人文理念极为宏观，也极为细微。而自古以来中国人对“土”的悟性是宽泛的；借“大地之土”生成木本、生成矿脉为思绪，引申出以“生长”为意味的“土”。而且老祖宗的土地意识从来都有方位，以“五方五土”思考出顺递关系。

“土”生“黑”为“墨”。“黑”是宇宙的未知总存，是宇宙总元素未世之始的奥秘（看不见和太浑远）。创世的始、混沌的始；宇宙之始从浓黑里开端，逐渐露出造物主的光、时空和速度。永恒之“黑”，永不枯竭的“黑”就是宇宙让人类难以企及的本质、本源、本相。

人类未启示的思想也是在“黑”之中。

宇宙的本质，“黑”的无限原始构成。阴阳两极对应着“黑白”两极。这种对宇宙的认知唯有中国的古圣贤才能闭目冥想得出来，而不被浮光掠影的“五色”所迷。佛教领悟出“五色令人迷目”，在中土被会心地关注，老子也同时说出同样的话。这种最高的形而上的思辨在中国文化道、儒、释三大家中不期而遇，恰恰证明了中国人宇宙观的神性。

今天说“水墨精神”，就是中国文化常态精神，喻示出和西方文化有区别（本质区别）的要义。说到绘画史，西方是从“颜色段”开始创造绘画史或美术史的。而中国人的绘画史可以说从思想、精神上认领了最高的形而上的空间。

一切颜色，浮光掠影的深度背景都是“黑”，那么“黑”是颜色（色谱色系）的母本。

我们还可以从古人发现制墨的技艺过程，寻找出一系列的事物来源。

宇宙总要在认知中打开、解析、解构。那么，中国的人们必然要动用“五行”中的归属于“阴”的“水”，通过水的渗入，黑色被层层解开……从浓至淡。

从浓至淡是一个简单的历程，呈现出并不简单的“丰富”。像音律一般，一层层音阶都有独特的音色和律动。演绎着宇宙万物种种精气和神韵的关系。

“水墨”是解答“混沌开天地”的原始能素，是“开天辟地”的“有生于无”的道性，是由“形而上”引领的形而下的物象摹拓。这也是称之为“艺术”的根本要义！我们常说“玩艺术”，玩的就是有良知作背景的混沌的感觉。

“水墨精神”绝不是空洞无物的精神，它启动了生命个性中的“宇宙元气”，假如一个“水墨”艺术家没有这种领悟和灵气，那么他肯定已经完全脱离艺术本质了！

“水墨精神”和中国文化传统维持着文化道德的本义——自由创造。

同时我们也可以发问，它能给予世界以怎样的启示？

回答还是得回到中国文化源头的东西，即：道家的宇宙情怀和生命智慧将对西方的科技和人文进程提供形而上的、巨大的诗学冥想。

中国人既然是如此诗化地认知宇宙大生命体，那么中国文化理想及“天下一家”的崇尚姿态，对西方极端的以科技方式来确认学术圭臬或宗教分派树敌的孤立和自大可以给出一种参考。

世界艺术大观中，若缺失中国“水墨精神”，绝对是不完整和不可能成为“世界性”的。

世界仍然需要文化的整体性。“水墨精神”源自中国人的“宇宙观”、“生命价值观”和“原始艺术观”，它对世界艺术综述应该是独特和不可缺的补正。

对于以往世界人群对中国水墨不能全面释读，我们将身体力行地校正。我希望中国美术界的水墨批评应该找到自己的位置，找到水墨的经络，不能再隔靴搔痒、不得要领了。为什么总是疑惑自己的老祖宗几千年的发现而毫无自信呢？

“水墨精神”涵盖了中国人最准确的心性。

当我们举笔挥毫于纸面，我们有“开天辟地”的尊严感，因为我们在诉诸人对沉默宇宙的感恩，我们在创造人性的世界。

我曾在写完一幅“书法”后泼上浓墨，终于看见由淡到浓的“效果”写照，最浓的地方的那些字可以看不见，也可以隐约看见。然后逐渐过渡到淡墨淹不住文字的地方……我一直在寻找这种

"水墨"真相。

当然，我们的"水墨精神"有许多载体。伟大的古圣贤在发现"水墨"能揭示宇宙真谛时，也发明了"纸"，从而完整、完善了这种能体现神觉的"视觉领空"。

墨，它凝聚了天地灵气。水，它本质就是"上善"。老子说"上善若水"。

诗说命运真相

真正的写诗者脱离喧嚣。生与死是物质的转换状态，是动与静。形式及还原的元素能量自然活动，如同释迦牟尼之涅槃。

我们原本不是什么“诗人”。是因为在发育期间，在大地上做梦……当然是春天，南风在吹。精灵躲进我的躯体，推开我的眼睛。她问我，能不能存在我脑。我说可以，只是没有什么招待你。她笑着。

真正的诗来自苦难史，苦难是说不尽道不明的命运，唯有诗歌才能表达。诗挽留我们的灵魂居住在空虚的躯壳里，让我们有了生存的理由。

《时代朕兆》这首诗是1995年在圆明园时所想到的关于一部书的题目。那年北京艺术博览会期间，我带着广州诗人马莉去艺术村，到了画家刘虎的工作室和住处。刘虎的画室里摆满了同一个主题——向日葵。因他没钱买颜料，家里只剩了一批黑色、绿色和黄色，他用这三种色画出了夜晚的向日葵。这些风中的或者说是疯狂的向日葵，似乎提醒我关于这个时代，贫困给艺术家们带来的尴尬。而生命力量是有可能冲出这贫困的！这是时代的朕兆。正如与我们的期待恰恰相反的是，文学艺术不仅得不到扶植，反而在遭受劫难。

在圆明园艺术村的村口小路旁有一道古旧的围墙，墙那边有三棵参天的大树，树冠把小路庇护着。每次路经那里，马路上引擎般的喧嚣立即消失了。我的血异常地流动，我听见树上的鸟在跳跃，我的心在树上跳跃……我住在村里除了喝酒、睡觉，就是写《心灵》。八章《心灵》在朋友间传阅，在民刊不断被选用。我不知道它们究竟发表了多少次，而我每次读它们时就有新的思绪飞起来。

酝酿诗的日子里，我几乎昏昏欲睡，性情懒惰，不愿意坐在纸张面前摆出那种写作的状态。我害怕自己的写诗技巧对我的关照。我宁可每天面对陌生与迷惑，我的创造力常常被相当可笑的经验糟蹋。在写诗的时刻，我喜欢“走神”。

我已目睹自己的突破……诗这东西写到一定时候，一不小心就会显得小知识分子味太足，就完蛋了。诗人不能总处于小聪明的位置。

真诗最能接近命运的真相。

谁抓住我的出神状态

我的诗作从未受到过大陆评论界的关注，甚至还以为我是“第三代”或更新一代的小儿科。不论从年龄上讲还是从创作起步上来讲，我都是最早的、孤立的先锋诗人。早在七十年代初我就幼稚地进入诗的冥想和写作，写下了大量的初稿，我生活在湖南，这是个号称有“湘军”的省份，但这个省的人文环境是令人打寒战的。我还没见过一位纯粹意义上的作家或诗人，他们功利欲强得已变形。写作只是一种载体，是一种可以达到个人社会地位的工具。尤其到了八十年代后，竞争的动机愈加功利化。许多人已经不择手段地进入官方机构或制造“轰动”的机遇，他们也不顾如何结尾，只要能显赫一次就可以接近他们想要的谁也说不清的东西。我在湖南写诗，北京等地已经闹哄哄的了……我 1986 年去深圳时，第三代诗人也崭露头角了。我是默默无闻的人。我不在乎这些，因为我要有足够的创作功底才能成为自己生命意识的诗人。我思考和创作，不断地写……80 年代至 90 年代初我也忙中偷闲地写出了《两界河》、《走过从前》、《还魂鸟》、《孵太阳》、

《浑音》及《复活岛》等诗集。

即使在先锋诗界我也是常常“缺席”的人，因为我已经不善于交际和活动，随着年龄增大更不屑于为诗而应酬什么了，我写作的目的渐渐比青春时代更纯粹了。我的苦恼只是“写什么”或“怎么写下去”的问题。我有创作的欲望，而我很厌恶自己的一套技术和习惯，我有良好的审美观，想接近时代，但我不知从什么地方找到时代的切口。而现实的不堪几乎都不是入诗的好材料。

许多年来，我一直学习着生活。为了生活我几乎忙碌了半生半世，也累得奄奄一息。但这不是我痛苦的因素，我的痛苦仍然是没有读书和写作的心境。已经有种“失灵”的基因潜入我生命之中，我常常麻木地呆呆地痴想……

当许多外地朋友都用电脑写作时，我仍然买不起这套设备。手工写作已经弄乏了我，因为我在九十年代还写过一些中篇小说，全部是一字一句手写的，我不该这样写，因为我并不功利。当然我不完全消灭功利，总有一天功利会成为我生活中的一部分，但它绝不会蛊惑我，我已经不会激动。我对它毫无憧憬，但我希望自己有一本本诗集在世界上发行。因为我的创作是人类文明的一部分。

台湾黄粱先生在信中评价我是“汉语诗歌”的首席诗人，这种评价会为我招来一群“敌人”，因为在大陆我从未被任何评论家赞扬过，突然成为“首席诗人”，未免让人觉得太难堪了，但我并不怯弱地退出“先锋阵营”，我是永远固守阵地的独立的自由写诗的人，自由创作成为我的生命运动、生活活动的重要东西。我有这种瘾趣。

对于一位诗歌评论家，诗学功底是最重要的人文工具，在大陆多少狗屎论文充塞着诗界，却从不见智慧之论。黄粱先生对我的诗歌评述远远超过了他主编的“大陆诗丛”对我的诗集选择的意义。

他几乎说出了我的许多诗歌朋友对我没有完全解读的见解：

①原初的命名——这是一种创世的语言，有别于观世语言的描写。（属于前描写）

②出神状态——这是一种“体觉化”（身体）的语言，有别于现实“机制化”的语言状态（大脑）；以此恢复感官的原始机能与位置的深度知觉，进行从知觉回返符号的溯源过程，以此打破现世存有的界域。

③阴阳回环视界——打破对立性、支配性的二元思维，以思维与感官共时至涉的状态，达成一种多重视境的交叠。

④末世启示的氛围——将天地人的序列倒置，重创欲望、权力、语言的神话，呈现荒芜混沌的原初荒原气息，使空间中的元素重新复位，再将人的本体性也一并解构为客体，完成纯粹精神空间的建筑。

自由才能“出神”，黄粱先生对我诗作中的“出神状态”是很敏感的。而我的出神是生命的悟性给我的，是进入冥思的。我一“出神”，诗化的东西就会凸现，就怕不“出神”，写些文字的东西。我反对“语言诗派”，唯“语言论”是一种知识分子的弱智倾向，生活是语言以外的东西，大气的东西才是这个世纪末的最终选择。我们以往的写作都是铸剑，等待天、地、人高度的灵性达到存在的一致和谐。于是剑的天籁里会发出它的光与刃的声响——那种俗耳听不出的声音。

我们太俗气，太实用，太注意一些不必注意的社会性的东西，不然我们会进入更自由的天才境界，一千次颓丧之后，只要自由精神还在，它仍然会得到回报。我们的创作是多余的，也是积淀的。历程不可能是空白，也不能是苍白。只要写下去，写得“出神”，就会达到至今还无人企及的境地！就是那个境地才会有这个世纪呼唤了许久的“东西”。

让虚拟的一切飘逝吧，我要真正的荣誉。

现代汉诗中的新衍生派

“现代汉诗”只是一种对现当代中国汉语诗歌的统称——不同于传统的白话诗。后来出现的“口语诗”或“后现代派”其实已经是当代的“大白话诗”了，但它们毕竟是九十年代的产物，虽然有“白话”传统的基因，但它借鉴的却是现代派的技艺。

当中国诗坛开始对“诗歌精神”及“乌托邦”写作发起进攻的时候，其实现代汉诗仍然有“诗歌精神”的翅膀为它飞跃。诗歌精神是诗的命脉，后来的人们之所以否认它是信息时代电脑式的诗歌制作，是因为电脑是不需要生命意念的，而诗却永远离不开人文环境的培育。

无论什么派别，无论如何划分，现代汉诗肯定要衍生出种种新派，而诗学宗旨共通的东西是永远属于任何一派的。从“今天”的朦胧直至当下的第四代，汉语的原生诗性及文字色彩是任何东西取代不了的。诗的流派只是对某一种方式的突出，无论古今或中外，如果没有“主义”性强大的“突出”，就模糊了界限，流派也是以时代的审美情操作为趋向的，一个时候热衷于一个趣味；

每个时代都有玩完了玩腻了的东西要遗弃或丢掉，但历史却丢不掉，以待未来的再选择、再分析、重新命名。我们已有这类过程……怀旧的情结是生命中的一种精神需求。

而时代确确实实在飞逝，进步的思维肯定要促使审美艺术进步，所以，我们没资格大惊小怪，但是可以提出各种疑问。

现代汉诗作为统称实在是高明的，远比“现代诗”、“先锋诗”等涵盖面要大得多。第三代诗人、第四代诗人以至于第五代诗人，还会出现更新一代的诗人。他们总会取代过去的诗人。我们要让开一条路，让开位置，用不着霸占这些地方，那些已经被新的审美意识确定衰老的诗人们总是抱有依恋功名的情结，死占着位置不走，实在是不明智的做法。

譬如我已经四十六岁，尽管有人把我列入“第三代”（第四代我也不在乎），但年岁是不会绕过我的，写到一定的时候，我即使不僵化也会老死，即使能适应更新更快节奏的日子，也不能保证这种接受就如同新一代人的心态。所以，对于更新的诗风，我仍然是要让开的，可能不舒服，但你不能让别人不舒服。艺术就是艺术，这个时代就是这个时代，你逃不掉死亡。

我经常很细心地阅读七十年代以后出生的作者的诗。当然，我要排除多种因素，我对诗的敏感与挑剔是相当特别的。或许我眼高手低，但我总是要求写诗必须写值得的东西，有意识上的价值和艺术上的价值，还要有语言价值，这一切加在一起才谈得上是诗，才具备诗学的价值。但是我们都在写着什么呢？

我们都写一些别人写烦了的、自己也读乏了的东西。我尤其不读“景物诗”及小家碧玉式的“咏物诗”或故弄玄虚的“哲理诗”，这类东西单独为诗已经够讨厌了，且都只能写出一般水准。

中国人玩小聪明的多，出大智慧的少，这使中国诗歌——现代汉诗总是煮着一锅稀饭。而官方推崇的“诗言志”、“诗载道”却偏偏伤害了诗神，使诗神成为应召女郎。诗学与文学的和谐在传统文人的手中却变得“混淆”。智力低下的诗作者也居然将笑话玩玩闹闹的俏皮语都作为“幽默”来收藏。用一两句饶有趣味的套话来衍生一首诗篇，也居然以这类“雕虫小技”而获得权威评论的捧场并“克隆”出一大堆这种垃圾。

剽窃早已从思维开始，用不着文字对文字。同一类思考，或是被某种理论承认的操作式很迅速地在写诗的队伍中传播。

里尔克的一句“挺住就是一切”，在中国作为自强不息的广告已滥用了好几年。更有一些读了些西方理论著作的诗人动不动就挪用他们的经典语录来标榜自己学到了皮毛。我常常为此出冷汗，这些弱智狂胆也够分量了，居然不害臊，居然认为这样一说证明自己达到某种层次？这种掩耳盗铃术居然也用上了，并且奏效了！

不要多少智性就可以混上“诗人”了，这也是中国人的“夜郎”性格。

一篇正儿八经的诗论中，至少有百分之四十的语言从其他著作中抄来，以此证实自己的论点是正确而公平的，或许更多的是论者懦弱的心理需要名人名言来壮壮胆，因为他的论点总不完全是他的，是从西方名家那里衍生而来的。

如今这样的字眼是很可玩味的，如“接轨”、“举措”、“后极权”……接什么轨？这么怕世界与我们脱离关系和交往？这个世界偌大的一个汉语国家，如果少了中国也叫“全世界”就让他们去叫吧。若说“接轨”，我们早已与世界沟通，只是我们中国人内部特别会相互暗算而已。

中国诗人太穷、太寂寞、太默默无闻、太变态，所以拥挤着争夺功利。一万年太久，只争朝夕。于是把朝夕相处的人们视为障碍。凡是没有真功底的人都善于弄心机，玩诗以外的东西。玩尽伎俩又怎样呢？西方也同样有垃圾，况且我们舍不得扔的他们扔得更快！

事实上，一个真正的诗人是不需要面对西方而号称“走向国际”的，这是个很应该坚守的国土，汉语不仅是符号，也是诗学意义上的植物，它需要有自己的母土。尽管在中国有种种不顺、不幸以及来自意识形态的压抑，但我们为什么要离开这种不幸和压抑？受不了？还是别的地方不压抑？

以为自己已经写到了顶峰而去做跨国学者的想法实在是一代人的幼稚，也是现代汉诗的不幸。所以这个诗国新生的先锋诗歌真正欠缺的就是那种宁静的使者。

淡泊功名，不是否定功名。不计较命运，是对命运的反抗。我们不可逃避什么，我们只能以此充饥，来健全自我的精神。

我读到三份来自西安的《上升》，我知道他们已经因为我不赞赏（不是反对）搞流派而批判我，他们还认为我缺少文学常识，那么，我也只能沉默。我认识许多年轻的狂热的文学爱好者和写作者，他们并不认为我这人没文学知识，也不认为我有正规的文学基础，我是野生的，没进过什么官方校园，二十几年的野性漂泊和创作体验，总会形成一定的固执己见，我也时时修订自己的思想版本，但不会修改得面目全非。要革命，也要先革自己的命，革的是命运，而不是生命。

个人的激情及冲动不能代替整个诗坛，他们也太想以一当十了……但他们建立创作阵地的精神和酷爱汉诗的热忱是很了不起的。试想这个时代如果没有这代人热血沸沸的精力，似乎是不够理想的，况且他们之中如果真有诗人诞生，总是一件值得保护或爱惜的事。

但我已经不相信年轻人的山盟海誓了，写诗是个人的事，以什么为事业也是个人行为。我认识许许多多当初一出来就盟誓说这一辈子与诗结缘的人，但不到几年就自毁自灭了，灭了后还说了一大堆理由，并讥讽我：你怎么还写诗啊？

擦干了鼻涕当起了长者，我不知遭过多少这类人的谩骂和批判。造我的反，我算什么？一个至今什么也不是的只会生活的人。

玩流派是要有本钱的，这个本钱就是真功夫，这个时代谁能号召谁？你没有足够的理论依据和扎实的诗学见解（包括创作群体的实力），谁会来你的麾下会聚？

李斌提出的“上升”是主义，而不是精神。主义是主义，精神是精神，两码事，不能以诗歌升华的意义来替代主义。苏联一位科学家写过一本书叫《人之上升》，他的笔调相当出色，诗性很浓，他指出："在我们的前方是最终将使艺术的表现和科学的解释融为一体的人类的自我认识。"这位后来入籍美国的写科普知识的作家名叫雅可布·布洛诺夫斯基。他的《人之上升》是人类从原始到文明的一种从物质到文明精神的上升。人类在上升，诗艺也在上升，艺术价值及艺术审美却在因人类上升而上升着。

上升主义不成为流派焦点，故我认为是一种喧哗式的出道方式。另外，李斌说的要玩"现代汉赋"，不知这"现代汉赋"是否有什么当代意义？若有，有没有一种追索过程？一点也没有，提得太早。我读了三期《上升》诗报，却没有读出"汉赋"这类东西。我倒记起八十年代四川几个流派中的几位诗人如欧阳江河、石光华、宋渠、宋炜们写的东西就又黏又稠，被徐敬亚称为"现代大赋"。欧阳江河的《悬棺》就是一例，这种东西没有深厚的古典文学根底是没法写出的。他们却没有提出要搞"现代大赋"，他们把它当作诗的一种原始结构，因为当时有说法为"越是原始的越是现代的"。

办一份诗刊是艰难的，树一面旗帜亦难，想要引导一群诗人就难上难了。所以，我为《上升》出汗。我还是不反对搞具有诗史意义的流派，但对随意杜撰一个名词有些反感。

流派的诞生并非不正常，一代又一代要是不愿意踏前人的老路，于是新衍生派总会从四面八方冒出来，但像能形成"非非"、

"整体主义"、"他们"、"海上"等辉煌一时的还算成功，只怕是名不副实。

第三代是泛称流派，是划分的一种，不属严格意义上的流派，而"后现代"也只是自以为是的一种现象，也没有真正的这种流派，谁敢号称也够胆大的了。

办一份有气魄的诗报已经属于先锋了，至少敢于打破沉寂，引领新生。先锋诗歌主要是创作而不是说说。

每年我平均要收阅相当数量的民间报刊，许多报刊都在仿效"大展"，都以"重磅"、"隆重"推出杰作，但太多的是雷声比雨点大，更有聋子不怕雷的前行者一批批消失在雷声里。

就诗史价值来看，至今最有历史影响力的还只有"非非"与"他们"，这两个写作群体曾在新诗潮中起过作用。

先驱就是反动者

突然写完了《先驱者日常真相》，这部小说全部来源于真人真事。

自从八十年代初的前卫文学席卷大陆以来，先锋诗歌和先锋小说为中国文坛带来了生机，可是中国顽固的传统封建势力是根深蒂固的，先锋者一直生存在挑战之中，反之，传统的审美意识也面临着种种危机。

不管人们愿不愿意，先锋派给中国文学带来的语言已使文学变得走向多元，变得神秘而宽泛。小说已经有了很多创作方式，诗歌语言也使中国诗歌更加充满光泽。传统受到谴责，但也受到政治上的保护。

在我们生活的四周，我已经感到传统的末日，但也感到先驱者步履维艰。凡是一代新的文化艺术总是在跌跌撞撞中走向辉煌的。

当下，现实主义的写作仍然是文坛的主流，这说明先锋意识不是一朝之间就可以全面铺开世纪之路的，但我们已经逼近了世纪末！

先驱者的努力不会白费，但就生存环境来说，先驱者的下场不会自由。所有努力的成功率是极低的，但先驱者本身是不会轻易放弃一生的追求。

许多优秀的重要的人物纷纷出国寻找真谛。国内的情况是，蹚浑水的人越来越多，那些目的含糊的人已经替代传统的屠夫，向先驱者开刀。

现代诗在中国一直是民间的事业，官方几乎是观望或打击的，民间的人们为此付出了巨大的代价。

目前有不少民间报刊一直致力于现代诗的探索，民间的人文刊物也在为这些世纪的新文明作着不懈的努力。只可惜在民间也如官方一样，存在着不尽如人意的混乱现象，但这是注定的混乱，乱世方可出真品。

我已经从事现代诗创作廿余年，写下的诗集从未有出版的机会，但是它们会存在，会得到公认，会被新世纪的眼睛发现，这点是毫无疑问的。于是我们仍然写着，为了新世纪，不折不挠地写着。

因为生活的困扰，我还浪费着宝贵的写作时光，我写得太少，我们失去许多争取攻破旧城的机会，我们过于相信等待，过于等待那个并不存在的国人的觉悟，因为觉悟必须是当先锋意识无处不在的时候。

我的同行也如同我一样在等待着什么，但是一次又一次的打击并没打掉我们的信念，这是很重要的历史制胜点！

新的时代，会伸出它所需的手，向我们要求新的生存方式和生活语言，我们没有白白地坚持，我们会成为诗史中的一章一页，为此我要记下先驱者的脚印。

人生是独立的事物

唯有独立而强韧的意念和志气，才能抵御缤纷的诱惑。意志从本质中凝练，“无有入无间”（《道德经》）。任何蚀毒都无从入侵一个人的本质时，这种本质才真正结核了。

独立意志是自由自在的，唯此它才有资格寂寞并享用“孤独”，唯此它才有理由不屑入世于嘈杂喧闹，唯此它才有能量在任何社会阶段性的价值体系界外生存。它不再需要苟求认同或社会的承纳。独立真正开始有了表达，自由真正如同无形之大象，没有被搅乱的觉悟真正开始认知世界及宇宙。这种生命载体才能进入宇宙大生命——洞悉诗歌精神。

写诗者必须在孤独中活着，必须在无名中筑起宇宙观以及所有小于它的各类概观。在根本没有先觉把握的、甚至是无望的生存状态中获得生命活力，由肉体生命体验着灵性生命和精神生命。

写诗者没有可能在表达生命的过程中就知道自己已进入“中国文学史”、“诗歌发展史”，并无耻地认为自己是“重要诗人”或“大师”。这种错觉产生于他的欲望，也就是欲望所致，一旦欲望使写诗的人如此轻狂、张扬时，等于他已患疾，他的诗思维系统受“功名菌”感染。

历史一再上演着一场场“似是而非”的闹剧。人类的虚弱及轻狂使太多的文化精英被“功名利禄”一网打尽！诗人们、学者们、文化艺术界期待着“成功”的人们都依赖“认可”才能支撑自己。先接受“是”，最后却并“不是”，这就是满目疮痍的“似是而非”。

许多人把行为的自由当作莫大的自由，许多人向社会索取自由……他们把“自由”囹圄在自己的欲念里。

历史即使不把我们拴在特定的时代，我们亦是某一时代的存在。譬如历史是缆绳，而我们所处的位置恰恰是一个结扣(历史造就了这一个结扣)。而我们的前后都没有如此“死结”，我们必须认知自己命运的“死结”，而绝不是企图让它消失（不管是否存在历史性的谬悖，历史不能改变和切割它）。我想说的是，我们有几代人、几代中国文化人都不顾历史真相的自负使命感，并带着“使命”于轰轰烈烈中演绎人生。他们对使命感唯一的诠释是：历史的流芳者。

一代代儒生矜持在书香生涯，背着历史真谛、真相、真实而过完什么都不是的一生，他们连自己所处的历史都没能认知，他们的虚妄感让他们失去了最后认识自己的机会。他们的“井蛙观”蒙蔽了真实的世界。

倘若真有什么使命，我们的使命只能是终身面对那个“历史死结”，从它出发而产生思考，问一个“为什么”足够过完短暂的一生。这实在比自选的离弃系着自己命运的历史要道德得多，真挚得多。我仍然可能围绕“死结”著书立说。

永远对个人的“成就”和“创造”保持警觉；永远强化对事物敏感和对宠辱麻木；永远聆听“大音希声”中的訇响，以此忽略个人的井蛙之声；永远同意在无名中生存，被历史漏掉。永远！

世界时而疯狂，不可理喻。而我将在似是而非的悖论中找到人生真相。善待真相，哪怕褴褛不堪。厄运接二连三令人困惑，但我一定要善待它，感恩它，并允许自己被它咬噬，也允许自己好了伤疤忘了疼。苦难常常成为我生命的保健品，常常诲人不倦，我不能在背后捣毁苦难，利用它去兑获社会对我的抚摸。

写诗的生活已陪伴了我大半生，在学习语言表述的生涯里，我学习中国汉字里与义形同源的诗元素（这恰恰使写诗的我情有独钟）。通过语言之道，让我一次次走进尘封的领域。

我的心房说大不大，说小不小，在三十余年的写诗中，我打扫了三十余年。我惊讶：在这隐秘的心房里，虚荣和欲望遗存的尘垢从未灭迹。幸而我从不拥有，所以没有“失去”的烦恼。

生活在社会底层是一种幸运，作为草民，我感到生命力资源之辽阔。世界知识只有其中极小部分才撰编成书卷，仅仅读了些课程的知识分子实在不应该自以为是，因为在今天科技传媒的年代，任何书籍可以供任何人读阅，而未能综卷的无字天书却需要人的感悟与智慧才能破解。

浮在知识的表层做学问是知识界、文化界的工艺流程，而写诗者不可模拟这类流程。写诗者在没有文字的万物间发现，用最通灵的语言表述发现——开始了命名和创造的活动。观念、文化与道德成为写诗的底色。

对这个疯狂世界不少苛求公正、公平、公道，但是作为个人的我要尽最大的理性公正、公平、公道地对待人和事。对某些人和事失望，不代表对人类失望。

写诗是独立的事物。人生是独立的事物。

独立必从抛开外部的支撑开始。首先我已懂得一无所有，没有任何拥有，而我活着而已，活过一生而已。我们称之为“人生”的一世不过就是几十年短暂的瞬间而已。你才会有干干净净的寂寞，才善待清清爽爽的孤独。你写诗时不会有“希望”的桎梏左右你，心性自由才是真自由。

而居然有许多“诗人”，已然把诗作用的材料装配成功，让我们瞠目而结舌。他们知道怎样写才体现“知识”，才可以刊登于共识的意识形态领地上。他们已经“是”诗人，还是被承认的几级作家，并任职某某文衔……他们还可能对天下文字拥有生杀大权，也居然有大群的“知识青年”要求他们认可或提携，似是而非由此诞生一代代赝品。

我没有理由不把持天赋的寂寞；我没有理由不重估自己的能量、鉴别自己的本质；我没有理由不放弃中国式的功名行径。

我的个性肯定不受欢迎，但这是真实的。因为我宁可什么都不是！

探中国学术根脉之要领

中国文化几千年运行的足迹，有它自身的以及人类认知它、继承它、发现它的自然周期。人的历史就是文化与人的历史，而历史的变异往往在完成了一个周期后——它也是从周期到周期的延伸，但是每个周期是由无序至整合的。

中国是多民族的“天下国家”，春秋时期各国都有精神领袖的文化言说，使统一后的中国汇聚诸子百家的思想，融合成大中华的文化格局。

“究天人之际，通古今之变”是中国史学崇尚的治学传统，正是这种传统的正宗血脉才彰显其伟大。中国学术所含学科相互融洽、相互贯通、相互引证、相互启迪。人们在对历史的了解与认知的过程中会出现盲点（由于许多既定观念造成的种种无法避免的偏见）。因此，每一个历史回溯停靠点，都需有重新校对考量历史的公正坐标，让视域更加理性而清晰。走出迷茫的误区，走向晴朗开阔是中国学术的天职。

半个多世纪以来中国文化在受到西方文化的强烈冲击下，几乎崩溃，中国学术也降落了飘荡在历史上空的大纛。中国人以及中国的文化植被也接受了莫明其妙的蹂躏。历史唯物主义和现实主义成为中国教育体系的价值策略——模仿西方文化的工业化、城市化的过程，培养与世界迎合接轨的一代代新型知识分子。一时间，中国的文化历史被封锁在博物馆和图书馆内，中国人要变成世界文化的追寻者了……

中国文化不再是中国人的骄傲，于是等于它不再神圣，好像它已经是一堆糟粕，拿不出手了。关于中国文化传统以及传统文化，关于精华与糟粕，关于先进与封建等的界定与争议一直是学界纠缠不休的学术思考。

同时，半个多世纪以来中国考古文化的研究，由于不直接涉及现代政治问题，从狭隘的见识走向更田野化的视域：新的发现证明中华民族有延绵上万年的文化历程，更把中华文明的起源推到五千年前，远在新石器时代，神州华夏大地已有多个不同区域的文化谱系在展示人类的智慧，通过接触、冲突、协和、融合、整理、扩展等一系列周期，逐渐形成多元一体的文化大格局。

中华文化是世界上唯一连续发展、与天地的大道和谐与共、有生动机理的文化，在 19 世纪末却受到了西方文化强暴式的蹂躏。中华文化之所以迄今未泯，要感恩这片华夏大地上以民族文化生存的草民们，他们不仅保存了世代传承的生活方式，更持守了以文化信仰为基础的习俗和风尚。无论政治风云如何变幻或震荡，中华文化之根脉一直受到苦难大众的祭守。这种守器承祧的伟大使命不得不让人肃然起敬。

传统基因、文化记忆和原生态的祭祀，都确保中华文化在几经摧残中得到根本的留存。

确认一个民族的文化与道德，首先要全面体验这个民族刻骨铭心的文化信仰，可以说近半个世纪以来中国的知识分子缺乏信仰。

一个民族大融合的“天下”之国，必须是多种民族文化接触、冲突后重整的结果。过去以“中原文化”为中国文化发源地的说法及理念，在历经相当时间的论证后，已经不那么结实了。在不同地域不同民族发展的多元文化，既有同质，也有异质，经过相互影响或相互发生新的综合而丰满。每种区系文化与其他文化发生撞击时，都有一个周期系列的粘着交融过程。这是世界性的一般规律，但是规律不是定义、法则。中国有大半个世纪的马列主义唯物史观，导致文化史的研究以及考古等学科不同程度地走入一种极偏的误区。中国文化有不少极为珍贵的资料发现，但不能得以真正的解惑。因为文化的历史，尤其是中华文明的悠久而多因多果的历史，不可能在只有某种观念指导下可以溯源的，“正本清源”地寻找真谛，是中国知识分子提升人格的健康之路，毕竟我们要确认一百年来所造成的错误。国学下课了，中国学术西洋化了，中国文化在时代变迁中紊乱了原有的多元一体格局，不仅产生体系内部的多元抵触，而且还掺浸着西方文化差异性更大的元素。

迄今存在于中国大地上仍生生不息的民族统计为五十六个，

而具有强烈文化特色和自由生命力的也不在少数，被学者们所关注的有彝文化、藏文化、东巴文化、回（伊斯兰教）文化……以区域性而言，许多地方仍保持着春秋战国的文化遗存，如楚（湘楚、荆楚）文化、良渚文化、吴越文化、燕文化……如果说中原是汉文化的封建区域，那么以上的边缘性文化会自然而然地挑战中原。

边缘文化的活力和发展并不会轻易消失，所以汉文化的历史是与其他文化发生着接触、冲突、协和、融合、整理、扩展等诸多矛盾因果关系后，成为一个更加强大的代表着（首当其冲式的）中华文化的主力大文化。中原文化的“摇篮说”是不尊重其他文化的观念，如果黄河是中国人的摇篮，那么草原、大凉山、西域的许多令人朝觐的圣地也可以是其他民族的摇篮——结论是中国不止一个摇篮?

反之也可说明其他民族的文化也在接受汉文化的渗入，而在中国以汉文字（汉语言）为主要流通文字的作用也促使各区域民族文化以汉文化为向心力。

重要的是要全幅全息地分析中国文化（包括文化历史的发展进程）所包容的全部有活力的元素，并寻溯它们的根脉。

文人的素质及心智

和古代文人相比，今天的知识分子是虚妄自大的。

王羲之也好，苏轼也好，他们对自身的修炼是各方面的——全面地进行对世界及自然的认知，并从中领悟生命的精神元素。

为中国文化人、文学人，以及文艺创作者寻找人文素养的根源，义不容辞地打开历史，从容地寻根访蒂。为中国文化给世界一种认识，在未来的世界整合中，做出中国文明的贡献，有必要袒露中国文人的素质养育的根基。

中国文化精神的两大支柱，即创造精神和批判精神（怀疑精神），是中国文人无悔于人类进步的理念，由此形成的创见已在根基上找到了综合性的理由。

我们反反复复走过几个坎坷的历史阶段，我们在不自信的时代，使中国文化教育思想出现了实用主义和功利主义，使儒家修身治国的积极思考变得十分急功近利，从而使好几代知识分子成为没有文化底蕴的文化人——包括没文化的诗人、作家及艺术家。

功能领先的教育方针，使儒道哲学变得那么趋势和趋同。在今天的中国文化界还飘浮着一批“文盲”诗人、作家及文化学者。

因为他们只是为了“事业”——这个吓唬人的称号——单一地学到了一些“机械”技术动作和艺术作秀的包装。

稍有一些的才艺，这些东西就成了“买卖”的本钱，根本没闲暇去修身养性，只有在社会势利的争竞中学到了不择手段去获取“成功”的功名。

我曾在北京遇见一位腰缠万贯的歌手，他听我唱歌后，一下子有了发现。他说：你怎么不上台唱歌？这么好的音色，这么宽的音域，以及对音乐的理解能力和演唱表述能力……我说我是有这个素质的，我们在人类进化史上为了人类对万物和人生与自然的关系，培养了许多素质，仅仅是素质。

诗、绘画或者音乐、舞蹈、体育等都以不同的语言表达了对生命（人生）的乐观理解，而当今社会已经拿这些素质去换钱（我不反对去为生活经营），但他们在敛财，在堆积个人财富的同时，以经济衡量社会身价。

而素质的人文去向，仅仅是完成人生而已。

素质的全面性，决定一个文化人的智商增值。文化心性的稳定而健全，确保一个文人艺术家的气定神闲，而唯此神气安然才有深邃的思考和健康的人生观、世界观、宇宙观，才真正懂得如何去体察世态。

素质培育了品格，素质也葆育了文人的思维安全系数，即使思维在跋涉最高峰的阶段，也不会半途患疾，半途罹难。

许多思想者在最后的冲刺中，横向移徊，最终功亏一篑。许多思考者都被最后看见了，却没有触摸到“思想发现”而导致精神分裂，造成无法收拾的神经裂痕——神经质或者幻想狂，或者以自恋而告终。

宇宙的原始创生力量，赋予人们“三位一体”的大生命融合——物质生命、灵性生命、精神生命。

物质生命担负着“家园”般的载体天命，而灵性生命去感悟生命万物世界的虚实相映的万象，精神生命需要精气和神气淫浸，它是维系大生命融合的混凝剂，使人生不被世俗庸化，也不被幻觉迷惑……

培养大生命体的元素，正是艺术地表达和科学地阐释人类前方最后的终极。

人类的原欲基因中，有它们独立的与天地万物沟通的信息素，譬如天籁永不止息的訇响和地籁生生不息的呼唤，全被感性的载体接纳。

沉思中，人籁诞生了。这正是“于无声中”谛听的生命活力。

于是，梦想被文化重注它从心理到精神的诠释，于是梦见的场景被搬上画面，在问世之时，为了校对是否有着人类的集体共鸣！

于是，艺术创作、诗的创作成为一种传递人之间文化与道德的理由。

没有理由的创造，注定是排泄物，是垃圾，是渣滓。

想象和虚构最终一定要有理由而存在！

其实，古今的文人在其一生饱读史书、饱经风霜的同时，也饱尝了世态炎凉。唯有智性高的人才能用个人的才艺来表达其精神内存在的忧患，甚至是情不自禁的喜悦。

就我个人而言，即使在最没条件欣赏音乐或演示音乐时，我也会对着山野放放歌喉，那是一种回肠荡气的经验。在我的游历和漂泊生涯里，偏偏和中国许多画家朋友交往甚密。我经历过中国当代美术史上最激动人心的“圆明园艺术村”的整个兴衰过程，亲眼目睹了当代前卫艺术的艰辛。

直至今日，我还滞留在北京通州的“宋庄画家群落”中间，关注他们的生活和创作。应《报告文学》主编之约，我同意真实地述写有代表意义的画家们，并同时应部分画家邀请，参与他们的艺术评论。

我的书法作品一直是朋友之间争相收藏的礼物，我从不自视为“书法家”，我的作品不卖钱。我也不滥玩，偶尔抒发一番，赠送朋友。

是的，我写了大半辈子的诗，还将继续写下去。我是不知宠辱的写诗者，在我看来，人生历程中，写诗、书法或唱歌以及其他因向往自由、感恩大自然而引发的技艺，都是人与世界相处的素质。

南方雨季中的烧灼

同一道斑马线多次出现在梦境，我同时告别你和她。我对植物词典说，我唯一能辨别春天的物象就是她的笑靥，三角梅从她的脸上初绽。这时候方圆几百公里的同类科属根本不等我的问候，在它们特定的暗号下全部进入人间……南方昵称它为簕杜鹃。

当然就在这条路上，惆怅已被一簇簇的簕杜鹃遮蔽，我喘不过气来。久视艳丽的瞳孔被染晕了视域，斑马线上一片片花篱走过。

> 你带着我的叙述已上路 / 一家城市旅馆用廉价的温水 / 冲洗了我疲乏岁月 /……/ 我从冬末的东海岸随着潮水漂至 / 这个提前火热的南方城市 / 她说过：只有我长得一副寒冷相！/ 往年的头发根部残雪消融 /……

（她出现了，从梦中出现的时刻就复制在现实中。我翻阅花谱的年轻时代，分不清桃梅李花。）

（她出现了，我需要一块石头和绳索；我也不能承受其轻，害怕飘走。)

(她出现了，相反我能叫出她的名字，而我自己叫啥不知道。肯定不叫海上。)

南方，有树为证!

旅馆在一群高耸的剥皮杨拥抱下熄灯入眠，好奇怪我总是在风雨中被漂到南部的港湾，每次把自己朝一群飞鸟掷出，不再观察自我放逐的过程，掷和抛扔的动作已成为习惯性肢体语言。当然，这是鸟的历程，我往往跟不上鸟的音律而落单。它们和人间相邻，但我只停落在铁锚上。

也是吃水很深的巨轮，我把个人现状篡改成了“停留在铁锚上”——事实是我落水了，沉没在铁锚旁——本能地作求生挣扎。

巨轮起锚了，我紧紧抓住黑暗的铁浮出水面……

这个尴尬的经历在我走到城市人流中时删除了。空一行再来叙说，我已飞过了海域。

东方，有锚为证!

一枝玫瑰变成妖姬后身价倍增，幸而气温下降，说出的话都有云雾驾驭。

没有玫瑰的日子里沉睡是最有收获的形式，譬如梦见的事物至少是意外的。我终于梦见她的一个侧影（我相信十年修得同船渡了)，有了一个目标，我不再东张西望……

醒后确实沮丧，我多多少少有些智商，梦幻太多是一种疾病，虽说偏执也是疾病，而后者是“神圣的疾病”。梦幻直接消耗人的智性和精元之气。保持身心健康才能走完人生。

飞吧，其实世界上所有的鸟就是同一只鸟。

她根本没来过二〇〇九年的世间！/她在我的小说中虚构成形后/从此有我发给的小说版的身份证/许多化名让她在文字里失踪/是我在梦中把她找回/无数场景她惊魂未定/我又给了她另一部小说化名/几年间的描写/写完了她少女岁月/在一个情节里让我写掉了她的初夜/于是我又用几万字的起伏跌宕/把她诠释为处女/岁月！多少人践踏和摧毁/……

时光，有第四维空间作证！

礼魂仪式早已结束，神性出走，回到它的九嶷山上、昆仑山上，以及古老的山水画中。唱完《黑暗传》的乡村鼓乐手们退出镜头。山村女孩脸上祭祀的红晕正在褪去，她们闪烁着星光成为夜幕里的遐想——田野怀抱着她们才孵出蝌蚪。

有些植物耗尽了我体内一生的敬仰，譬如枫树。南方还有榕树和木棉，它们和我同时抵达雨季，我们沐浴而纯粹。

一朵木棉花需要整整一个冬季的蓄能和藏气，一旦怒放，仍然勾起人们对自然生态的感动与陶醉。它的豁达直接矫正着人类的迷失和虚狂。

我们疲惫的心需要它的辐射！它给予我们的不仅是对“红”的校对，同时激活我们对生机的认领。

此刻我回到当下，告别了你们——我的命运，我的岁月。站在这里，哭泣的人已离远。风雨打扫了走过的地方……

血色浮上我的脸

气象发出的晴朗会如期到来

当文化输入超量的经济（技术）元素后

——漫谈诗歌创造的痕迹空间

又进入了一个回避问题的年龄周期……朋友见面一坐下来，就怕别人“隆重”地介绍说：这是著名诗人某某。我本能地对这种场面恶心，也有人会挑衅地问道，你们写诗的那个年代怎样怎样，如何如何。哦，饶了我吧，我不想说这些事，也不愿时时回忆那些光荣岁月。

我游荡于江湖，多年的生活方式没有让我痛定思痛地停下来，或者找到一处活的地方不再飘荡。没有，我是活在飘飘荡荡中的写诗者，写诗是我的玩法。我人生的抽屉里塞满了种种草稿，一时半会也清理不净，一股脑全扔了，以后没东西玩。生命一天天地在速减，年岁一天天地在增加，谁也别想逃脱个体生命的衰老与消亡。

说不清的话已然不想再与人说了，既然世间把人类文明的成就看得如此伟大，我只能背对着这些伟大事物收拾草稿……说明一个人活了大半生居然如此“其他”，数着和当代人同样的年月日却不在享受文明成果的现场。

四十年前下放农村，名谓“知识青年”。“知识”这个词捉弄了我们这代人一辈子，四十年前哪有知识可言，啥都不懂，但是我和许多知识青年一样，悄悄地在煤油灯下写诗。幼稚的年龄可以使我们把它当成一件很有寄托的事业来做，虽说我们很迷茫。

直到参加工作时，手稿已经一大摞了，但就是找不出一首传世之作，只是通过写诗在长知识。因为写诗，同学之间传递各类禁书和手本。因为七十年代还在建立人生抱负的初期，文学美丽的幻影吸引着我们这一代……写诗才能使一代人有了地下式的秘密活动和话题。

那时物质匮乏，但人们活得很兴奋。诗作在交流中可以使人之间的情感延绵并升温。

我是一边写一边销毁的写诗者。我记得宿舍里每天可以用我的诗稿揩屁股。我的同事蹲在厕所里朗读我的已被扔弃的诗作后就揩屁股，还可以哂笑一番。

我自己有一次也拿着几张写着诗句的纸去厕所，没想到读了一节后发现这首诗写得还可以，就舍不得擦屁股了。心想，写完的诗作应该多放一段日子，说不定还有可能给它们存在的机会。后来我用会议记录用的本子来写（不容易零散）。

再后来，只顾写下去，不愿意回头去看。等写完一个本子后再换本子。写满的本子就慢慢读，慢慢琢磨。

好多年后，我才觉得自己开始真正知道了“诗”的内涵。才有写诗的个性要求。

人生有多少黄金岁月和精力充盈的时段？回想一下，我无非就是从 20 世纪 80 年代至 90 年代，整整两个在中国当代最有创意的历史时期。对于我，这 20 年也是写作高峰和多难时期。进入 21 世纪后，人生更成熟了，思想已经有了独立的体系（完整性和自圆体系）。但是再也写不出八九十年代那种具有浪漫想象、繁复场景的诗，我反而觉得越有思想越不敢写诗了。

最近在回顾式地编辑早期诗稿，我自己也读了，从 20 世纪 70 年代到 90 年代的诗，说实话，我的那个“黄金海岸”已经在地平线上逝去……

但是它们的聚集成档已经够让在人世间的以后猜想中打开人类的认知大门。为此我永远觉得不枉为贫穷的一生！

我的这三部早期诗作《走过两界河》、《旷。草木原形》、《孵太阳》正是在中国诗歌进入狂潮的年代。但是人间的区别是多么难以想象，当我写下这些诗篇时，已经有许多诗家因为写得“通畅易懂”而红光满面地被拥簇在社会的加冕台上。

正当我被别有用心的人指责为“不懂造句，不懂语法”的时候，我还在冥思苦想……

可以说写了四十年诗，想破了脑袋也没找到能动摇自己的圆滑的理由。写着写着，我隐匿了……

但我的想象却一直在发展，我一直没有因为政治或诗界内部的陷害，或者人之间的角斗而停止写诗的情绪和愿望。即使我一生“不作为”，写诗也是我对世间以及人生宇宙的个性认知。而且我的诗性格式和形式造就也是与众不同的，我的“个别”性、“其他”性确定了我的诗作必须存在于人世间。

我没必要为了功名去和他人作无谓的角斗或交流。那种看“行情”而写诗的诗人们仅仅是为了当诗人而写，而我决不妥协于这一切。我当然准备此生在无名中活下去、写下去。而且因此写得更为独特。

我的诗不参与讨论那种读得懂和读不懂的幼稚话题，也不参与讨论“知识分子”与“日常生活”的画地为牢的小儿科游戏。我要完整地走完自己写诗的一生，只能隐忍无语地玩下去。我的诗将来会让人类打开眼界，认识世界的文化诗学，解放人类的思想，同时让人类知道汉语的诗学魅力！

中国人的艺术情操是粗略的、莽率的。中国人所接受的启蒙教育导致人的单向性思维和受形色抑阻。人们已经被形色堵塞了本质通悟。意象的释融是人类艺术最基本的活力，而今这些匆匆忙忙活着并奋斗着的中国人确实需要简单的口语。

难道我们真的为了适应这种简单？而且还诗谕为“简洁”吗？简练的写作不需要“诗”来组成，它们可以在其他文体形式中叙述，小说散文不就是它们的载体吗？

现在成千上万的诗人写出了成千上万首诗歌。一百个人等于一个，一百首诗等于一个人写的同一首，只是形色换喻而已。

我也是通过对自己回顾式的整合，发现个人写诗许多层次上的意义。如果说我写了四十年之后思想更丰满了，对事物更有敏锐的判断能力了，那么同时诗言也很平淡无奇了（这是我所丢弃灵性般的语言后造成的）。现在当我有一年多时间在陆陆续续整理70、80、90年代的诗稿时，我觉得我再也不记得当年是如何写出这些诗章的，某些诗让我特别吃惊而追溯着……这种若有所失的感觉很憾然。记忆悬空了，我在把写诗的感性比例一寸寸地礼让给了理性。或者说，理性的增长占据了感性地盘。我现在写的诗又笨又苍白。

写诗的经历是个人的故事。同样这种个人化的经验也就是随时光而逝的印象，并不存在可以重复使用的手段。一个有创造性的诗人在进入一个阶段的创作后，也不会重复着表现已经失去能量的公式化成品。正常的发展应该是进入新一轮的创造。诗艺的创造体现一个诗人多方位的全息想象和全息思考……

在某一个时段写着新的表达语言，那是走向一种完满和成熟。但是，缺乏想象力的诗歌语言也意味着写诗者下一轮的走向更平庸。我是说，一个写诗者会在具体的一首诗作中标刻出他向上或是向下的箭头密码。

诗学和哲学以及其他人文学科是平行的，甚至是更多地包含于其他学术。而诗学若划在文学的范畴内，并且因为诗与歌的表达式掺入更多的文学语言后，就会贬低了诗学文化的价值。

我想说的是，诗学在中国文化滥觞之初就是诠释“道”的形上哲学而造就的文化本体。哲学的冥想就是诗化的哲学，通过人类对宇宙及世界大胆的推想，一个原本黑暗无垠的宇宙就假设在由诗学（中国学术）认领的荒唐语境中——这种荒唐的文学充满人类的高尚趣味。

近些年来，我确实写过一批诗评。诗评和诗论的不同就是前者是针对某诗人的诗作，而诗论是一种以更大范围的审美性为纲领的综合思考。

我写诗近四十年，肯定认识许多诗人，交往中有时免不了受邀写评论，但是撰写诗歌评论或者序评仍有我不可动摇的原则。当然原则不等于是我对诗歌的最高标准。以个人审美为准则是不够宽容的，至少我把握这一点，即只要不是“口水”到令人作呕的地步。另外就是诗人的基本人品及人格（认识社会的水平或者人生的价值体系），我从不为让人感到恶心的诗作写评论，也不给那些不择手段钻营而沽名钓誉的“诗人”写序评。

当今社会的许多人生现象是十分离奇的，我经常发现有“自以为是”的写诗者，我有时很难想象他们的嚣张源自何处？

在我看来诗作往往有两种，创造性强的那种都会存在一些不够修饰的结构，并带有些局部细节上的粗略和晦涩，而另一种则是一种写对了，但又是许多“作业式”的复制品，没什么让人感到惊喜的东西。

后者是目前诗界最常见的，无论是什么原因，编者或选辑者都会容易接受这种很有“依据”（流行的依据和已被认可的依据）的作品。你打开任何一部集结式诗选，只有这样的诗作可以出自任何人的手，也可以署上任何作者名。

每个时代都到达过这样的“平庸”技术层面。也是众多诗评家以此来判断时代特征的主要范本。

中国体制式的批判体系究竟能为“中国学术”（国学）做些怎样的价值观引领？我个人一直是不看好的，也因此对中国的现代诗学很失望……体制式的价值预埋的潜规则不可能诞生人类需要的理论。我们仅仅读到过每个时代局势下的理论文本，而且这已经成为中国官方意识的钦定策略。

真正的中国学术（国学）并不是只对古人的经典评估负责，而是沿着中国文化历史的精神流域，挖掘一条能活下去的流动的“活水”。中国现代诗学对整个人类的文化补充及给予是不可或缺的……这么多年整个世界文化需要纯正的中国文化血型的渗透。

网络诗歌太方便当“诗人”了。奇怪的是它们又是某些诗评家攻击同仁的“法宝”。这也是一种有效依据。我在广东省周游期间曾听一个诗人（在体制内当官）说：网络诗歌和现在最有生命力的“口语诗歌”一样，有巨大的读者群体。诗歌是写给人读的，没有人阅读的诗歌肯定脱离了人们的阅读层面，脱离了时代……

呦，又是一个“时代论”？

我无语。

任何形式的诗歌都有存在和发展的自由空间。在中国却是另一种惯例——这也许是这个国度的文化已经习惯和“革命”通奸了。只要某一种形式（譬如口语、口水诗歌）当道时，那种不可一世的做派不仅不许人说话，而且他们就此开始拥有了屠杀的权力。

四十年来，我写自己的诗，过自己的生活。我曾对人说过，我作为个人创作或者文化写作，肯定是有个性化的内构，不然写作变得很可疑了。但我从来不会由此去打扰别人的个性写作。人是一个独立思想的小宇宙，人生是在实践自我认知的感性世界，并从中得以终结理性的解答。人生一次性被“时间”送往未来，人的成败概率是对等的，但是如果有某种“成功”的设计，那肯定是人生的模仿。创新的人生之路危机重重……

但是至今仍有很多“狂人”，总以自己的活法为准则，去批判别人的活法。

一项奖令也许就是对不成熟的“诗歌市场”造成一个价值体系的倾斜。曾几何时，中国诗歌以新中国诗歌为审美传统。它的这种革命性的标准足以涉及影响至教育和民众的阅读选择。好几代人很难校正已被严重损坏的个人独立思考的能力。

诗歌运动的掀起给了那些喜欢“乱中取胜”的人一次莫大的机会，而沉寂的潜移默化的诗学修养却是人类思想史上的常性状态，它是永久的对人生与社会的一种思考，不是靠风生水起的动态的运动而能达到的高度。中国诗歌每每在社会遇冷时，就会有人跳出来疾呼，要求体制的抚摸。

所有的文化场景中养息着所有的文化精神，诗歌也不是一种孤立的现象，但也绝不是非“受宠”活不下去的事业。不要过于脆弱、过于幼稚、过于撒娇了！

在起点上论成功论英雄远远不如在终点作判断。

人生的有为价值观即使是万众瞩目的事象，也得允许有些个别人生的“不作为”之价值体现。

划一地去看待整个以人生为人文主体的人类肯定是不道德的。同时，一个社会的审美准则也是需要“时间”这一元素支持的。我们既不能停留于历史已逝的精彩一页中，也不能随意说出“不需要传统”的借鉴和延伸。人类文化不是无端端地凭空创新的，更新的创造也有它立足的已存有的文化基础。

不要陈旧的基础，也有可能奠基的土地。

一个有公正品质的批评家，会重视所有的存在现象，如果个人的生活情绪及喜恶能影响学术，我想这种批评只有他自己去忍受了……

“似是而非”的现象已足够教诲我们的人生！

不要再问，未来的诗歌会怎样怎样；不必再问，诗歌可以带来什么人类的所求……诗歌比知识更有力量，因为它渴望生活和生命，而知识却永远只是缺乏艺术性邀结的“单元”；知识若失去了生命灵悟的综合表达，它就露出残骸的原形。

人们为什么会过分地追问诗歌未来的用途和今天的功效？因为有人总希望它能换取一些什么财富类、物质类的东西！

诗，已经给了我很多很多……

四个女孩与一朵花

手稿已被几位朋友和师长读过，譬如师大的徐麟先生是第一个读到的。他读后的第一个念头就是把它寄给格非，他与格非是华东师大的校友，格非来信说小说很有神气，很有味的几个梦结合得不错。之后，格非交给了《收获》的朋友，当然最终退了回来。

徐教授自然是特别推崇我并激励我的，他也指出我小说的某些不足，但他欣赏我的语言驾驭能力，他希望我在小说界另有一番天地……可惜他太高估了我。

万燕在读完手稿后认为我对小说的结构把握不够，四个女孩的描绘太不具个性，末了，她又把四个女孩比作一朵花中的四片花瓣，这样也自圆其说了。她认为这是个长篇素材，希望我有王朔似的占有读者市场的意识。

《收获》退稿时说：小说还是关注生活的，但是过于渲染性，过于迫切……仍有结构上的欠缺等。

屡屡投出都被退回，使这部小说无处投发。

但本人认为这只是一种信任度不够的原因，我在小说界还不如在诗界（民间诗界）那般有名声，有争议的东西往往倾向于不用为妥。假如我就是格非或已经有定论的小说家，那么这个中篇不是什么问题，而且应该重读。

我原计划写一部长篇的素材，那是1986年的日子，我认识一大堆大学生的故事，另外这些女孩在社会舞台上的演绎是令我有所见识的。我的一位好友在大学毕业后就去深圳经商，她歪打正着地转战到了中山一家食品公司任公关，不知与哪位主管勾搭上，就运回了几车皮当时很好卖的葱油饼干，就这样，当初她从我这里拿100元去深圳，摇身就变成长沙的富小姐。她一直与我往来，托我去市场追款等，我在她旁边起着保镖的作用，后来她越混越老道，也就不再请我帮忙了，可是某夜却让人奸污杀害了，让我们原来的几位写东西的朋友非常吃惊。

那些年，总有些女性追着我，与我长期有私下的交往。而我心情不稳定，很烦乱，我每交往一位女性总是让我接近现实生活一些，而我虽偶尔是现实的，但最终还是退至书斋，像一部古书蒙着阳尘。

与人交往太频繁是件很累的事，我怎么也没这份热情。那些年代各地诗人可以南北地窜动，我常常接待这些衣衫褴褛的艺术家。所以我想找一个很适合我的人，不要诗，不要会文学什么的，只要认识我就足够。而我可以与她什么也不说，“休息性”的妻子是世界上最美的妻子。

我做到了。说实话我的妻子原则上比我缺乏能干的思维，并且迟钝。我认识这么多活跃于各界的知识女性和飞翔的小姐，但我见了就特别烦心。

我个性上的缺陷还是很大的，别人不说，我比别人更了解自己，但我装作自恋，装作粗暴，这也减少了许多社会交往。效果不坏。

我的缺陷在妻子的生活观中被填补，我可以干我的事，她从不干扰我，也不过问，任我自生自灭。很不错。

我写的这四位女性其实是东南西北的四个侧面，她们是我对当代女性的一种检阅，与她们一起我受益匪浅。这如同她们搞文身一样，确实不同的生命有不同的图腾，而我也确实参加过类似的活动，是秘密行动，这满足我许多种好奇心。

人生的经历是丰富的，我们常去的地方途经湖南省展览馆，那时展览馆门前很宽敞，阴云天时，有种灰蒙的气氛，有法国凯旋门四周的感觉，我就觉得展览馆这意味是深的……我惦着这三个字，也惦着往事。

与展览馆还是有缘，我认识了那里一位漂亮姑娘，又是位现代派的女性，人很好，又有活动能力。

这一代女性是男性的屏障。

我的许多小说都在演绎这一代阴盛阳衰的内容。我早已发现这一现代男人的不幸和社会发展的特征。

她们的生活方式与乐趣中（包括友情的乐趣）有更多生存术

的行为艺术，这是一般俗人所摒弃及误解的东西。我把她们的一次文身活动集中在了私化生活的氛围中，事实上她们有自恋倾向，也有某种弗洛伊德感兴趣的造梦心理。至今我还没见过小说家在女性方式上进入荒诞而具有行为意义的场景。

她们的生活分岔是成熟后的个性的对峙。人们，尤其是女人们都会放弃友谊而进行自己的塑造。

蝶女的下场是悲哀的，她是一代人的悲哀，甚至是几代人的悲哀。

我一直希望将她们的故事编成一个长篇，但我认为目前文坛有故意拉长小说的迹象，所以我反动了一次，只写成中篇。

它的不成功应该是太粗略，而绝不是结构。

1997 年 5～6 月

南方，有树为证

深圳在下雨

一个城市偶尔下场雨，那并不稀奇。何必成为话题呢？任何地方都是“天下”，所以天下的雨应该是全情接纳的，即使水量太大而引发山洪灾害，已然也是先接纳了。

2000 年的某日，老婆和我通电话。我刚学会用电话磁卡打，地点是深圳的世界之窗一侧。双方互相嘱呼一番后，老婆问：“深圳天气好吗？”我说：“深圳在下雨。”

“哦，那你要多注意身体。”

“好了啦，雨大了，我要挂了。”

我冒着雨奔跑回世界花园的樱花居，在这个陌生的住宅区，我每天像坐禁闭一样，天天望着灯火辉煌的世界之窗的夜景发愣。

其实，深圳的雨缺乏连续性。不像湖南、江西地区大雨连绵，可以下它十天半个月，弄得人心烦气躁。而远在千里之外的老婆却认为深圳常常在下雨。因为她对深圳的印象是我灌输的。

半个月后，我又把磁卡插入路边的电话机，听到老婆的鼻息声后我就说：“我已经从银行寄了六百元给你，老婆啊，我不在家一定要注意安全，我现在还没有真正地找到工作，但我会想着你们的，你放心。”

“那你也要注意哦，深圳天气好吗?”

“啊? 哦，深圳又在下雨。”我看了看正在下雨的天空，嚅嚅地说完就挂上话筒。

怎么办呢? 我来深圳是被人哄骗的。来了以后不但难以正式投入工作，而且是和很恶心肮脏的人打交道。他们以办时尚杂志的名义，去套取别人的钱财，而且他们总是向别人亮出我写诗的身份。据说深圳某些有钱人很崇拜名人或能人。虽然我既无名也无能，只是在一个小圈子内被人传说而已。

如果来深圳，是做这种鬼鬼祟祟的工作，整天以策划为名，去挖空心思诓骗钱财，那根本不符合我处世为人的本性，而且我的抵触情绪暴露得十分明显，这也使邀骗我来深圳的“朋友”十分恼怒，他几次近似虐待下人一般疯狂地欺弄我，还几番当着其他朋友的面呵责我，辱骂我。

和他打了一个多月的交道，他并没有兑现之前的承诺。在邀骗我之前，他说到深圳就一个月给我几千元，而且先帮我安顿好家里的生活。很遗憾，他根本不记得他许过的承诺，而且他自己开始把他先骗到手的钱，去购置那些只有傻瓜才相信的假古董摆设，这个人的脑子是有毛病的——我忽然发现了这个致命点，暗暗决定赶紧离开，别抱任何幻想了。即使能合作，那也是干些见不得阳光的勾当，他是典型的害人不利己的病人。

我身无分文，要挪动一下也不容易，我只能等待某个时机。

真见鬼了，再次和老婆通电话时，深圳又突然下起了雨。所以我告诉老婆深圳在下雨时，她再也沉不住气了：“你又骗我，怎么深圳天天在下雨呢，我好像听别人说，深圳很晴朗呢？”我说：“老婆呀，我们每次通电话时，偏偏就是在下雨，挂了电话天气就晴了。”

真是见鬼了，这天气恰恰如我所说，挂了电话后就放晴了。当然我老婆并不知道我在深圳一开始就没法混下去。

一位惠州基地的部队朋友帮我搬走了行囊，我去了一家刚认识不久的广告公司。

这是夫妻拍档开的一家小型广告公司，在深圳莲花北小区。他们的员工也住在这个小区里，老板答应让我先落脚。

在莲花北小区的最北边的顶楼上，一个三居室的住宅内，我和一位年轻的跑业务的小伙子同住一室。由于他的年轻，所以除了血性热烈，还多了那么一些温度。他友好地约我吃他做的饭菜，而且把我的东西整整齐齐地码放在他床头的一角。三居室住着三户人，靠卫生间厨房最近的是一对河南恋人。男的在广告公司做平面设计。女的好像一时还没找到工作，虽说没条件做全职太太，但起码本色是小鸟依人的样子。她人长得很漂亮，话也较多。他们三户人轮流排队使用厨房和卫生间。但可以明显感觉得到，他们都不喜欢这个河南女孩。

我刚到的第一个晚上，为了洗个澡，足足等了一个多小时。和我同窗的年轻人一直在说："海哥不用急，他们夫妻在一起洗。"

我无语。

是不是如他所说没必要去了解，但当我可以进卫生间时，一进门就不想洗澡了，因为他们留下了一大堆让人烦躁的脏物。还是同室小伙子帮我用水龙头冲洗了一遍后，我才忍着心烦洗了个澡。回到房间，我们俩爆发出大笑。

另一间住着一位单身女孩，她好像先躲藏在房里，等这些人都用完了，她才出动。当然，同室的小伙子告诉我：她要么抢在第一个用厨房、厕所，要么就干脆等到最后。她很孤僻，在公司是出纳，平时跑腿去办理各种杂事。

住了两天后，老板娘痛下决心，每月给我1500元，请我负责文案工作。我知道他们对我并没信心，但可能同情我，于是我免不了还要聆听他们对我的教诲。譬如第一次去他们公司上班，老板娘把我喊进办公室对我作完交代后，语重心长地说："深圳是个讲究效益的地方，老海哥你一定要放下架子才能进入角色，其实只要你发挥得好，每个月至少可以挣它几千万把的，你可以给报纸写专栏呀，你可以写些立马见钱的文稿。你不能总是惦记你那些诗呀诗的。别人看不懂的东西在深圳是会给扔掉的，你说文学，我在大学读的就是文学专业，那又怎样？我在《深圳商报》时是专搞图片摄影。现在我们独立搞自己的公司……文学没什么用途。"

我点点头。我想过了，无论如何得慢慢融入这个社会才能了解。况且深圳是个新型城市，它的发展速度让中国人惊诧。

老板人好，知道我有困难，先预支了一个月的薪水给我。我又可以寄给我老婆了，所以又去找磁卡电话机去打电话。莲花北小区内既有银行，又在绿花圃园内设置了好多台磁卡电话亭。

拨通了电话，我对老婆说："喂老婆，我先给你寄一千二好吗?"老婆说："你先把自己生活安顿好，不管怎样我在家里比你方便……深圳不会又在下雨吧?"

此刻，我不得不相信天有神灵了，正当我下意识地抬头望天时，远处传来一声炸雷……轰隆声应该传至我老婆的耳膜内了。因为有好几秒钟我们都没吭声。

"老公，你没得罪老天爷吧?"老婆低语着，她好像哭了。随后她说她今年做得最多的是到寺庙烧香。

我无语，只咳了一声表示我和话筒还在听。

"老公，你一定要学会接受命运，千万不要和命运抗争。你接受了，你的心就平静了……"

那天傍晚，莲花北小区的上空雷声大作，倾盆大雨淹没了视野。同室的小伙子说："老海，你真的是大诗人吗?我听老板说你好了不起哦。"

我拍拍他的肩，无言以对只苦苦一笑。他接着又说："老海，今晚我睡地铺，你睡床，好吗?"

我摇摇头。

2000 年《山花》的某一期，主编何锐选登了我的一组诗，叫《深圳在下雨》。

故事和事故的发生地

对于度日如年的我来说，2000 年特别漫长，一开始我不知道有这般漫长，所以我缺乏足够的精神准备。当日子过了一半，进入夏季时，我终于发现：若想平安无事地过完我的本命年，还得真正地接受命运带给我的一切。

人是情绪动物，人的定力不都在同一高度。我早已明白广告公司的老板对我没什么信心，况且像他们这类小型公司都处在原始积累的创业阶段，不愿意长期养着收益不大的人，我也很难施展别人无可欣赏的才干。这么多年来，我不合时宜的运气早已预见。我其实很能干，但想在深圳找到施展我能力的机会是微乎其微的，首先一条我年龄偏大，不认识或不了解我的人根本不会选用我。

事实正如我所预见的一般，我在莲花北以北的楼房里只住了两个余月，就结束了我来深圳的第二个落脚点。

老天也不绝我的生路，当广告公司因为业务量不足，老板宣布放假数月时，我已经准备搬往多宝丽集团的所在地长虹大厦十八楼了。

这个天意似的衔接得感谢一开始来深圳办杂志时就认识的一位陕西人姚旭，他在一次偶然的闲暇里给我打电话，约我去一处地方喝酒，说有几位朋友慕名想见见我。我正好寂寥无趣就纵兴赴约。

见了一些玩艺术、搞摄像、做导演的及曾经写过诗的朋友。“曾经写诗”这很有意味，他们听说海上时，也想一睹我的尊容，于是心血来潮，对酒当歌。天南海北地一番瞎聊乱侃后，一位导演留下我的联系电话，他说我很有意思，他老婆对诗歌很感兴趣，有机会可以聊聊天。

这位导演住在长虹大厦，正为多宝丽集团筹备一个文化传媒公司。因为多宝丽集团有一套后期制作专用的设备，集团老总为了让这套设备不闲置浪费，邀请这位导演来筹备建立一家公司。

这件事本来和我没什么关系，但后来由于这位导演几次三番约我去长虹大厦玩，我认识了老总的儿子，而老总的儿子十分中意我。当得知我没地方落脚时，他慷慨地允诺：“你先搬到我公司来住嘛，以后公司成立了也需要你这样有文才的老哥呀！”

后来导演为了这事跟我闹翻了，他以为我在他背后搞了名堂，因为他很忌讳任何朋友进入这家公司。

那段日子，阴差阳错，导演忙于其他的业务赚外快，老总的儿子找不着他，只能天天陪我玩。这个过程中，老总就出面挽留我，让我为他去人才市场为公司招聘人员，先把公司给竖起来，业务开展起来，等导演回来后再组织系统性工作。

我曾写过一篇随笔叫《我在深圳招聘》。那天我去人才市场填写场地表格时，心中有些莫名其妙的感触，这多么搞笑啊，来深圳这段时间，戏剧性的变化很离谱。现在我居然代表多宝丽公司在深圳人才大市场进行招聘。

许多青年男女在我的场地柜台前排队，递上他们的表格……老总的儿子给我买水买烟，像我的手下一样左右张罗着。他很佩服我选人的眼光，第一天收工我就招来了一位年纪很轻、学习心态很好的后期制作师和两位其他员工。而且不和老总协商就给他们核定了最低工资。

招聘了几天之后，完成了老总交代的任务，而且没有超出老总预定的工资指标，老总高兴极了，命令儿子用车送我去他的巢营——宝安，他要亲自招待我一顿丰盛的晚宴。饭后他给我一个红包，里面有好几千元，并告诉我，他儿子社会经历不多，办公司还不够水平，希望我今后多多教导他的儿子，日后定当重酬。

他儿子确实老实本分，不像那些纨绔子弟，我也十分喜欢他。

我住在长虹大厦十八楼，躺在床上可以通过不挂窗帘的窗户看见北斗。我很奇怪自己的经历，在这番奔奔忙忙之中，我居然写下了大量的文稿和诗作。在长虹大厦的那段日子——是一段不知明天去向的日子，我也为万燕交代设计《百花洲》封面的任务做了一个破天荒的奇异大梦。半夜起来把梦见的封页做个雏形，第二天立马告之在深大焦急等待的万燕。万燕匆匆赶到长虹大厦看了我设计的封面雏形，听了我的解析和要领就立马订机票飞往南昌……

如果说这不是奇迹，那么深圳也不叫深圳了。《百花洲》的封面也带动了平面设计的突破，在那段日子我写下了长诗《本命年纪事》和《0生存方案》。后者在台湾《创世纪》上选登，由此引来台湾好友杨平先生来深圳，以及去大凉山的趣事，那是后话。

长虹大厦的位置应该属于风水宝地，它的左前方是深圳最生动的八卦岭，从长虹大厦的窗口就可以眺望八卦一路的路口。那是美食一条街，三百六十五天，天天都有巨大的吞吐量。

长虹的后侧就是著名的蔡屋围地区。这里的四周都是生活气息很浓的“城市里的村庄”，过去的农民，今日的房东，他们都有一幢幢七层小高楼，自己盘踞七楼，一至六层统统出租。

有条后街直达红岭路，那可是深圳最早的开埠之路，当年这里聚集过全国的各路诗派，1986年的红岭路上中国现代诗歌大展在某报发生，才引来今年中国现代诗二十年的话题。

我是怎么离开长虹的，一时说不清道不明了，但是在栖居长虹的短短日子里，我肯定建立了功勋，也肯定闯了不少祸。祸福参半，都是我曾经的立足点。

长虹的故事发生是多头绪的，交叉式的，而且是隆重的事以及不足挂齿的事平行发生的。这令我这个善于剖析事象的思考者都难以收拾。譬如说，万燕突然带来一个叫吴生卫的朋友，他以他的思路和眼光与我大谈特谈深圳，大侃特侃他来深圳初期的记者生涯。他还是个会说会写的文人，但仔细一接触，此人一脑疯狂的糨糊，他会利用你一切任何可能的社会关系……后来他出事了。他出事后第一时间告诉我，我受宠之余、受惊之隙不禁设想，倘若万燕不带他来认识我，那么他会先告诉谁呢？

他躺在红会医院一楼的病床上，激动地控诉着老婆对他的酷刑——他被硫酸泼了半边脸和半边身。他怒吼着要报警，并托我去打报警电话。他新的女朋友是个漂亮的东北人，也希望我来帮助他度过这个严重时刻。让我吃惊的是，住在这间病房里的人全是被泼硫酸的男人！难道在我们不知不觉的忙碌生活中，怨妇们都藏好了足以打击男人面子的生化武器——硫酸吗？那么中国仅仅禁枪支弹药的买卖还不够，还要禁止买卖硫酸了。

我从病房走出来透透气，抽根烟，想了想先给万燕打个电话告诉她。半个月前这个朋友还不是我的，现在他变成了我的“烫手山芋”。万燕也吃惊不小，她说明天准备一点钱去看望他。我逃不掉，在红会医院守了半宿，竭力说服他放弃报警。因为躺在他身边一张矮床上的还有他的女儿，她的脸上也溅上了点点状的硫酸，而且她一直在呼唤“妈妈”。

我对吴生卫说：“趁你还不恨我的机会，我说说你，是你先泼硫酸在你老婆心头的。你把矛盾激化了，你个蠢东西，什么事不能缓和一些呢？现在你老婆坐牢你才解气，你为女儿想过吗？”

半夜三更我从红会医院出来，身上只有几元钱，坐出租不够，只能步行。还好一路清风吹拂，我疾步而行。快走到长虹的路口时，耳朵里传来一声惨叫，我遁声望去，在长虹的对面草地上，八卦路口黑漆漆的树影下有人在扭打。我急忙往那个方位奔跑，马路中央有隔离铁栅要爬越，但我动作很利索，一下子跑上了那条人行道，这时东边也来了骑警，摩托车的声响吓跑了劫匪。

令人感动的场景出现在我眼前，男青年浑身渗着血，他匍匐在一位娇小的姑娘身上。他用生命保卫着他的女友。警察们叫来了救护车，其余警察顺着劫匪逃路追去了。

那天夜晚已经所剩无几了，很快要天明了，但我一点睡意也没有。我很感慨，很激动，很想有人和我通通电话，我觉得憋得慌，我被什么东西堵在一片漆黑之中。

我和她们同居

万燕老师把狂人都介绍给我认识，我应该写“新狂人日记”。我从长虹大厦下来搬进了不远处的清庆新村，也是第一时间告诉万燕的。

很小的狭狭的一间房，六百元房租。因为是新房我很痛快地住了下来。长虹老总的儿子送来了一笔钱，让我有事找他。但我不是很啰唆很麻烦的人，一切都会过去，况且我和长虹的关系都是好聚好散的。一个漂泊者首先要学习搬家，我在《本命年纪事》中描写过“全世界在搬家”的场面。

树挪死，人挪活。漂泊不定的人可以用这话宽慰自己。

发生了许多事也没把 2000 年度过。我说过，要过完这个本命年，要接受所有的一切。我牢记老婆的谆谆教诲：接受命运。

学会了接受，人的心态真的安静多了，而且还逆来顺受。

好像我为《百花洲》的封面设计去了趟南昌。那时我已在小屋里居住了，因为我走时记得是万燕送来的钱，她最希望海上大叔能赚钱，她就不发愁了，但她又隐约知道海上大叔会贫穷下去，因为她太知道什么叫“海上”了。于是，大家就这么忽隐忽现地活着、混着、苦着、乐着，甚至不知死活着。

见不了阎王的我，常常碰上他的小鬼。一天我赴约去八卦岭喝酒，喝到高兴时一美女要吃冰淇淋，我也要去买烟，我就领命而去。走出餐厅大门就是下台阶，黑漆漆的最后一个台阶旁有个下水井，脚一崴，疼痛难忍。我还是一跛一拐地买回了冰淇淋和香烟，但我不敢靠近还狂欢着的朋友们，怕他们发现。我已准备溜了，未曾想还是被人看到我走路的怪样，朋友们都把我拥到附近的一家医院，拍了片，右踝骨折要交六千元住院费。在我百般坚持下，还是离开了医院。送我回家的朋友叫农夫，胖乎乎的一脸福相，他曾写诗，现在是平面设计师。他走后我就开始自己治疗，找来隔壁的两个民工，让他们帮我拉扯，抱腰的抱腰，扳脚的扳脚，准备好绷带，直到把踝骨复位，大家都满头大汗。民工是湖南邵阳人，苦笑着对我说：“没见过你这么野蛮的人，这样弄还开心啊。”我说：“要不然真哭啊？”

“为什么不上医院？”

“上医院他要你好多钱，吓唬你。”

“你这样万一发炎怎么办？”

“不会的，我有骨折经验……我身上有好多处骨折的，我会有治它的办法，今天麻烦你们了，哪天好利索了请你们吃麻辣烫！”

他们走后，我用黑鬼油涂抹痛肿处，一遍又一遍，直到瞌睡极了，睡着了。

皮肉之苦缠身时，内心一丁点也不知道“痛苦”，所以糊里糊涂地不知身在何处，也不知猴年马月，直到听见一阵急促的敲门声后，才喃喃对着房门问：“谁呀？”

“农夫。你还活着哦，那好，会开门吗？”

我拖着疼痛去开了门，农夫携老婆走了进来。他们特意赶来就是为了把我弄到他们家去。他说他没时间专门来看护我，但又怕我生活不方便，所以去他家住段日子，养好伤再走。他背上我，关上门，我们就在村门口等出租车。

农夫住皇岗村，而且是六楼。他自己都走不动，根本背不动我。他说去找一个脚夫或民工，给他五元钱，保证没问题。

他找来的一位苦力有些催人泪下，他一跛一跛地走，我问他脚怎么啦，他说在工地上扭伤的，回家休息。那你还背我上楼？赚些小钱嘛。那你就放我下来，我们一起扶着上楼……他执意要背我上楼。

其实我只在农夫家待了一个晚上，度日如年嘛。我不安心住，只想一个人在自己的窝里静静地度过。农夫只得又送我回家。

一回到家，我看到自己小小的书架桌子心里就踏实了。那段时光我好像同时患上了写东西的毛病，乱七八糟地读了许多书，写了不少文字。比起今天写的东西要灵性得多，而且深圳的日子那样艰涩，但是由于不知死活，反而坦荡了。

能走动了，我就一瘸一拐地走出小楼去村街洗头、买食品，或者散散心。

一个很黑的夜晚，吃了宵夜洗了头回窝，在五号楼和六号楼拐弯的一角，传来一个女孩子的叫声："大哥，救我。"我没注意，自顾移动着脚步。女孩又叫了一声，我才去看那黑黑的路口，真的有人在叫着，我移近去看见两个男人抓住一女孩。他们问我，这女孩是你罩着的？我点点头。他们走了。女孩过来边扶我边说着谢谢，她说见过我，她是一家发廊的洗头妹，也是湖南人，老家在湘西。

洗头妹扶我回到我的小屋后，看见我的衣物泡在水里，就捋起袖口搓洗起来。我制止她无果，也听之任之，边听她说笑着她们发廊里的故事。

那晚，女孩子还给我用黑鬼油揉擦了脚踝。她说她明天再帮我揉脚，我忙说："不用，我自己会揉。"

第二天，她果然来了，还买了吃的东西。她告诉我她叫思思，而且打听了隔壁有间带阁楼的空房，房租每月一千二，她想邀约我一起合租。我问为什么？她说和我一起别人不敢欺侮她。我又问这些男人想干吗，她说："他们是收黑钱的。""收保护费？"她点点头。

哦，这个社会真的很复杂，我们隔着一层，居然一点也不知道这种社会结构。后来我才知道，这里这批小黑手都知道我是大作家，村口的保安让他们别动我，所以我才不知死活地很安然，同时也为后来同居的两个女孩带来了安全。

房东以每月一千元的折扣价把大房间带阁楼租给了我，女孩和我约定，房租按两份一人付一半，其他规矩都听我的。我没规矩，反正我好安静，不许在房间里带任何客人来。

我和风尘女孩同居的消息一时间在朋友圈内传开了。农夫们怀着好奇心蜂拥而至。我从不回避朋友们的询问，久而久之也没人奇怪了。最后只剩万燕没来过了，她有一段时间没来过清庆新村了。我说我和她们同居的场景会很快结束的，让她找个时间过来看看。可惜万燕来的那天，那个叫思思的妹妹回湖南老家去了，她只见到了姐姐，这个姐姐由于多次失恋受骗，学会了酗酒，弄得我很辛苦，她妹妹在时有她妹妹管着她。在她妹妹回去很长一段日子里，有好几次她醉卧村口，村里的人都来叫我去弄她回家，我真变成她们的什么人了。也怪，全村的人都从来不议论我，还都说我心地善良，因为她们发廊的老板是个转业军人，他在背后说了我不少好话。

有一首长诗是写她们的。妹妹思思是很活泼的姑娘，她甚至和我一样不知死活，还多了一些不知羞耻。有一次我们自己做饭吃，吃完后她姐说谁最后吃完谁洗碗。调皮的妹妹赶紧把剩下的饭一扔不吃了。我忙说吃光它，等下我来洗碗。她笑哈哈地说，哇有人洗碗有人洗碗，说着说着就脱个精光，指着腹部说这是她的碗。我听了心里发酸，这般天真快乐的人，幸亏她不知羞耻。

我在清庆新村栖息的日夜颠倒的时光，是一段令我既感动自己又感动别人的岁月。世态如此，善恶俱在，我冒天下之大不韪，和两位风尘少女同居。有时我在阁楼写作，思思妹妹会爬上来突然大喊一声："书呆子。"有时她也会撒撒娇让我帮她打开热水器，她要洗澡，好像这个家里靠她赚钱养活。

不管她如何调皮捣乱，我永远记得在我患眼疾的很长一段日子里，是她每天向老板请假陪护我步行到深圳的眼科医院去治疗，回到阁楼让我躺下，为我点眼药水，买回盒饭喂我吃。我以为我会瞎掉，她却骂骂咧咧地说："大作家怎么就瞎了呢？你还要写书的，你别忘了，以后写我！"

不是亲人，但若看见她扶我上医院的情景，有些亲情，不是兄妹，但她们对我的信任令我动容。我在这个阁楼完成了诗集《人海》的结集，其中有一首叫《零点的爱之细胞》，最后两句是：今天她和她的现金就要 / 启程回家乡。

思思离开深圳的前夕，把四万元现金捧在手上拿给我，要我帮她装进行囊。她担心路上丢失，我告诉她应该分开放，坐长途汽车要如何如何。她默默地看着我放钱的动作。思思要回家乡了，她几年来攒下的钱和她一起启程了。

想想没有这四万元一起回家乡，她回家的意义就不存在了。她说她来深圳时才十六岁，在工厂只做了半年，因为母亲病重需要钱。她就开始了风尘生涯，这些年她为母亲及家里寄去了好几万元，如果她表姐听她的话，也可以攒下十来万，她表姐的钱全是被坏男人骗光的。

思思要求我亲自送她去罗湖汽车站，我答应了。她说思思的名字是假的，她拿出身份证给我看了真名。我知道，出来做事的女孩子名字都假，真实的东西藏在心底。

清庆新村的村口有一排树皮剥落的树，没人可以说出它的名字，这种树我在莲花北居住时也见过。南方有些树种只属于南方，据说南方的雨水和北方的雨水是不一样的。

谁知道它叫什么树，我问过很多人，都说不清楚。

思思离开深圳时，她站在村口的树下，我给她拍了一张笑得很傻的照片。

好奇怪，那时天气也有些凉意了，而2000年还没结束。

漂越伶仃洋

漂落深圳完全是场意外，随遇而安是我生命的本能。到哪里都是活着，而且我只是活着而已，并无其他奢望。

我写诗，也无非是一种陪伴人生的兴致。千万不要把我与那些怀有功名理想的人画等号。确实有不少人写诗写到了仕途上，有的人写着写着出国成了国际名流，更有人写成了官僚。无论如何，我不愿意以诗的名义去收获这些东西。

年轻时我着实羡慕过歌德、普希金以及拜伦等伟大的诗人，我总是担心中国出不了这类人物。后来年纪大了些，读了更多的书，发现了许多同辈人困惑着的事象，我就知道我这一生完蛋了。因为我预见了我的未来……不屑于做一个空诗人。

迫于无奈，我只能让自己独立起来。别的我做不到，永不就范是可以做到的。无所作为，我是可以做到的。在我周围抱以文学美梦的人太多，半途而废的人太多，奔往功利的人太多，自以为是的人太多，而我最好是什么也不做吧。剩下的就是一边玩一边活着，为了玩得精彩，也继续继承阅读学习的兴趣，继承我独立的写作传统。

离群索居，闲云野鹤，这是我最后的事象场景，而且这样才不至于让自己恶心。

漂泊源于灵魂的无处栖息，况且我是没有故乡的人。从知青时代起，我就成了湖南人，但湖南从来就没有我的地方。我在上海长大，但上海也没有我的空间，我不知道我是否有故乡。其实漂泊是宿命，与生俱来，早已由灵魂开始……寻找自由的灵魂在冥冥之中已然流浪。

人体的漂泊那是现象、事象，也可以说是迁徙，人是灵魂的巢穴，横迁纵徙完全是灵魂的表达，我追逐着自由，完成着我的人生。

这样一想，却接近了关于人生价值观的思考。所以我才不允许别人将我画等号。不是每一个写诗的、写作的都会有相同的随附于社会趋势的价值观。

于是，我身边出现了很多指手画脚的狂人。他们很成功地出卖了自己，于是也想出卖我。于是他们说我应该如何如何……

总之，先致富再怎么怎么样。

好吧，我输了，在这场大规模的趋炎附势般的一边倒的“成功论”潮流中，我唯一的策略就是认输承败。

在怎样过穷日子的课程上我快毕业了。我只是活着，我又没有不做“草民”的念头，我很喜欢自己的草根性质及性格。我愿自己一生一世做草民。

我一输，我的自由度就更大了，因为我不必为了去“成功”而畏畏缩缩地担当什么了。我最终的义务也无非是精彩地玩完一生。

我亲自玩完它，就无怨无悔。

明天怎么玩，我并无规划和安排。但天意无处不在，真的是玩得天衣（意）无缝啊。

还在清庆新村居住时，《山花》主编何锐来深圳出差，他找我们一起喝酒聊天。他委托农夫为《山花》设计和印刷封页，顺便告诉我们《山花》的办刊宗旨，每期要介绍一位艺术家，并刊登从封二至封底的艺术图片，他问我能不能介绍一期石虎先生。何锐认识石虎。早在1995年由我牵头曾在贵阳搞过一次规模不小的“石虎诗会”，所以石虎在中国诗歌界是许多人知道的。何锐此问是因为我比较了解石虎，他认为我为石虎写评论比别人更合适。就这样，我们先有了意向性的认同。

凑巧的事自有天意，那年石虎有个画展在深圳的银湖度假村举办。深圳的报纸先刊登了这一消息，农夫兴高采烈地拿着报样来找我，说一批朋友想结伴和我一起去参观开幕式，一起见见石虎。他们知道只有跟上我，才能受到这位大画家的款待。

我们就在开幕的日期提前来到了银湖，远远地看见一匹很宽的布上写着“石虎画展”。

开幕式上确实有深圳副市长和文化局长以及有关人士站立主席台，还请来一位美女司仪。画展开幕了，前台在发送画册和纪念品，我们没有邀请函拿不到。这时石虎正陪同副市长在巡视作品，我挤了上去与石虎先生打招呼。石虎发现是我，居然打断一小会儿出来和我说话，许多摄影机对准了我们闪着光。石虎兴奋地问：“这些年没见可好？你稍稍等一会，我陪完他们就找你。”

这些话农夫们都听到了，觉得很有面子，于是先安下心看画展，拍照片。石虎同时交代工作人员给我们画册和纪念品。农夫很高兴，拉着朋友拼命合影。

石虎先生送走了政府官员，来到后厅休息室后重新和我们一一握手，然后坐下聊了起来。我先汇报了《山花》登用他的作品介绍以及我写的评论，石虎先生是个有见解有说辞的人，他滔滔不绝地说了起来。石虎的形象有风度，俨然是大画家风范，所以我的朋友们很倾慕地和他合影留念。最终石虎的经纪人蒋某鬼鬼祟祟地把石虎先生转移走了，可能是吃饭去了，当然没可能请我们一起去了。

但我们仍很开心。当晚我们在八卦岭大喝一通，谈笑风生。

农夫一定要我帮他索取一幅石虎的书法，后来不少朋友一一报名要求弄一幅，我摇摇头说，先不敢答应，没把握。若要弄肯定先要为《山花》的何锐弄一幅，因为《山花》办到今天仍保持纯粹是很不容易的。

接下来，就是朋友们催促我去珠海找石虎先生，有的朋友还自告奋勇地出路费陪我同去。农夫尤其想去。我没答应，我说现在他不在珠海，他外出云游去了，他回珠海后才能去拜访。

和石虎先生续缘是我预料之中的事，但没有想到在 2000 年还没过完的时候，我们已有整整五年断了音信。当年也是受小人挑拨才导致一些误解，我极为自信的是，日久见人心，因为我没有那些小人们的坏心眼。石虎先生也是有阅历的人，好坏会分不清么？

和石虎先生通过电话，约好了日子我就往蛇口港出发了。从蛇口登快艇，一个小时左右就到达珠海九洲港。石虎先生告诉我在九洲港坐二十五路汽车就到了他的所在地前山，他在前山租下了一个很大的厂房做工作室。

从蛇口至九洲的水域是伶仃洋。1995 年，我也是从这里去珠海游玩的。我曾来深圳邀请徐敬亚越过伶仃洋去见石虎，我们有过一场愉快的会晤和难忘的宵夜。当年石虎先生对中国诗歌十分关注，原来他骨子里激荡着中国的文化精神，只是在当年的沟通中掺杂着太多的小人，使沟通滞落在一种尴尬境地。

石虎诗会虽然不存在了，但石虎先生对中国文化的情怀，以及他的现代艺术的探求业绩是令人瞩目的。早些年他独立地提出“字思维”，他也写下了一些掷地有声的奇怪文字，让北京的几位专家大为吃惊。

伶仃洋一半蔚蓝，一半浑浊。我付了二十元钱登上艇台，接受阳光和海风的双重抚摸。不过就一小时的水路，深圳和珠海就是两种城市风情，珠海是个美丽而安静的小城，2000 年的时候，珠海许多房子仅售两千多一平米，即使海景楼盘在当年也仅售四千左右。

在石虎先生居住和作画的厂房里，我真的大开眼界。三层上下，为石虎工作的员工都有十来个，在他的小仓库里，画册堆积如山，纸张堆积如山，图稿成捆成卷……他就在这里画出了轰动画坛的《玄腾图》，这幅近代史壁画以 880 万天价被新加坡的收藏家拿走。

石虎先生在珠海是孤独的，没有人能和他对话。他对中国文化的内心独白旁边的那些朋友未必能懂。我们再次见面时，石虎先生特邀我去了珠海望景台喝酒。他说，海上有道，我们有共同话题。以后就这些话题，我们可以为中国文化做些事。没有可能中国几千年的文明就被牛仔裤遮蔽了。他的意思是当中国人学西方现代文明时，中国的龙人心性不可泯灭。

我曾邀请万燕一起去见识石虎先生在前山的工作场地。那时候我在深圳珠海两地来回奔走，虽说没有任何工作报酬，但我很快乐。

石虎先生几番邀请我在珠海居住，我一直拖到2001年，石虎搬出前山，在海珠大厦开辟工作室时我才迁居珠海的。石虎先生结束一天工作后，拉上我去海边，先吃饭，再沿着情侣大道的近海路段散步。我发现了我喜欢他的原因：他很自由，而且他不仅仅是个画家。

有一条路叫石花西路，路两旁都是那种叫不出名的树皮翻卷的树，由于树皮没有完好的印象，给人一种莫名的忧伤，或者说给人一种惆怅。

这种树我从深圳开始留意到珠海，印象太深，以至于把其他树淡忘了。有一次《珠海晚报》的宋词约我去吃海鲜，他说有个地方靠海很近，那里的海鲜很地道。

去了之后，发现确实地道，因为餐桌都随客人意愿摆在树下。我们也找到一处僻静地，挨着一棵树坐下，我又看见树皮翘翻的树，随口问宋词这是什么树，宋词憨厚一笑说："我也不太清楚，听说是剥皮树。"

"就叫剥皮树吗？这么难听？"

"它不剥了皮吗？你看。"

"这是俗称吧，学名呢？"

"那要问植物学家。这些小鱼，喏，我就知道好吃，但一直叫不清名字，什么鱼什么鱼的。"

“对，珠海还有一种很特别的螺，叫狗爪螺，在外伶仃岛上盛产，味道很鲜，名字也很形象。”

宋词给我斟满酒后问：“以后就在珠海定居吧，石虎不是请你吗？”

我不知如何回答，嗯了一声。

“珠海有你，我这酒喝得有意思了，哎，这里聊得来的朋友太少了。”

“我是陪聊的吗？”

“你是海大哥，我们一见如故啊。这么多朋友都散了，只有你匆匆来匆匆去，该歇歇了。”

“喏，我就像这棵树，被剥了皮，体无完肤，令人遗憾。”

“海大哥！”来了一位女性朋友，她姗姗来迟。她接着就说：“你像这树就对了，它不漂泊，不到处乱跑，它只属于南方，而且最南端……你知道它叫什么树吗？”

“什么树？真想知道呢。”我盯住她的脸。

“我也是专门问了的，它叫相思树。”她神秘地眨眨眼睛。

“这么忧伤好听？!”我们愣了。

难怪它显得好忧伤，是相思的素质。

我离开深圳珠海又有几个年头了，许多事忘了，许多事记忆犹新，但是只要提及 2000 年的岁月，第一个闪入我脑际的只有这种剥了皮的相思树。

听说石虎先生也离开了珠海，实现了他回北京的旧梦。在此我掩埋了许多生存细节，把头绪都给掐断后，粗述一番。

漂泊的灵魂也有驻守的恋情，漂泊着，同时也眺望着。我眺望南方以南，有树为证！

2006年10月14日凌晨

永久而遥远的知青朋友

在中国，有一代人叫“知青”。也就是对 20 世纪 60 年代末的风华正茂的初、高中学生的指认。年轻的中国，好不容易地饿着肚子扫盲，这批幸福的人——红旗下长大的共产主义接班人居然读了十几年书，所以被指认为“有知识的青年”。

中国的锣鼓开天辟地地把他们敲出了城市，敲进了山区、农村，敲到了田野上……

和“天下乌鸦一般黑”的道理一致，当年的中国已经“山河一片红”。

恐怖是一种觉悟，而当年的知青意气风发、斗志昂扬，在油灯下写着接班人的日记。人生在懵懂中开始了，在广阔天地间，在希望的田野上，在既能扎根又能流泪还能彷徨的异乡。

九死换来一生，从此更加珍惜生活的时光、生活的年月日。

许多知青在广阔天地里学会了写作，他们不凡的经历丰富了一代人的文学语言。20 世纪 70 年代后期，中国崛起了一批知青作家，知青故事印刷成书卷，摄制成电视、电影。“老三届”回到了人间……

我遥远的朋友，谢春池就是一位忠实纪录知青生活的知青作家。也许是我的见识不够，我很少知道类似厦门大同中学这样的“知青情结”。三十余年过去了，而他们始终传承着一代人“炼钢”的柯察金式的精神，这让我经常重温。虽说我不幸飘落到湖南，我早已失去了知青友谊，但是厦门大同中学的知青因为谢春池这位热忱的友人的召唤（他像召唤同窗似的召唤我），使我觉得我没有忘却知青时代。

如果谢春池忘记我这位远方的知青朋友，我也不会见怪的，因为我和他神交已久，一直不曾谋面。说实话，我尽管也写写弄弄的，但没有他那般正规，那般职业。尤其是现在，我迫于生计，在深圳漂泊……

正是深圳的雨季，晚上八点多了，我在风雨中行走，为了节省一点车费，我多走了一大段路。雨很大，我的裤管湿透了，我旁边还有一位姑娘陪我走着。我的联通 call 机响爆了，于是，在一家士多店门口，借着亮光查看信息。啊？0592！肯定是谢春池。我已经有一年多没有与他有过联络了，他找到我的踪迹了？

与我同行的姑娘有手机，但在平时我是不敢向她借用的。而我的电话卡又打完了，附近也没有公用电话，不得已拿起姑娘的手机，拨到厦门。果然是这位粗眉大眼的仁兄，他在电话里急切地问："怎么样？在深圳还好吗？你老兄到深圳也不吱一声，我老是打电话到长沙没人接，前几天才从宁化的鬼叔中（人名）那里知道你漂流在深圳。老兄啊，出门在外，要保重身体啊，我们也不年轻了呀……"

我语塞了，嚅嚅地说："谢谢，谢谢，说来话长了，反正我没出息，连日子也过不好，现在养家糊口的任务也没有做好，羞于告诉朋友啊。"

谢春池说："我理解……唉，多保重吧，要记得多和我联系。你告诉我一个地址，我要寄书给你。"

我忙告诉他最新的地址。通话结束了，我精神为之一振，拉着同行者往雨中跑去。一个漂泊者在突然的时刻，收到突然的信息，受到突然的关怀，情绪也会突然倍增！

回到家里，我首先就是把谢春池的新地址写在通讯录上。

1997 年，当人类为告别 20 世纪而忙乱，而不安，而兴风作浪时，谢春池给在长沙的我打来一个电话，说他们《厦门文学》准备办"走向新世纪中国诗歌大展"，希望我用诗支持。

我根本无法想象《厦门文学》这般囹圄于区域，并只培养自家"树苗"的市级刊物，怎能操纵起如此浩大的波澜……

事实是，谢春池和《厦门文学》表现得异常非凡，居然带动了整个中国诗歌界的主要写诗者。所以，《厦门文学》的知名度在短短的几个月里猛增。

至于这场运动般的诗歌大举是为何中断的，我们远方的朋友并无信息，我也不责怪。因为，它远远超过了我们最初的期待，也可以说，它的引领工作业已完成，下面的路是全中国的事了……在这次“大展”中我个人认为，涌现出来的优秀之作是20世纪90年代最多，也是最壮观最集合的。虽然后来的批评家们都忽略了这一历史事实，但假如再过十年我们翻开这段岁月，你仍然会欣然发现，整个20世纪90年代不能不记住它！

在这次“大展”中，我发表了两次诗作，还组织了一次“湖南专辑”。

谢春池与我的交往在这次“大展”中有了质的升华，我们的友谊恰恰是在信任危机的20世纪90年代末期建立起来的。从真诚的角度分析，我们之间的“混凝土”配方是高质量的，而诗歌精神是我们友谊建筑中的钢筋。

2000年我来到深圳，与很多朋友暂停了联系，因为我已被生存问题弄得手忙脚乱。我真不相信，危机四伏的人生早已被上帝钦定。一生劳碌、漂泊，我没有正常的心情面对许多朋友，要不是谢春池遥远地call我，我真不知道什么时候会有心情去打扰他。所以他有资格责备我几句，受到责备而温暖，这就是友情。

谢春池问我写没写东西，我告诉他这一年多写的东西等于在长沙几年所写的东西。来到深圳后我活了过来，我被紧张的城市唤起了奄奄一息的活力。

谢春池听了我的话兴奋了，他要我写一篇文字，道一道我和他神交的历史。喏，这啰啰嗦嗦的年龄已经开始唠叨着了。他说给我寄书，此话我等啊等，等了有二十多天，他又 call 我了。我回机说：“怎么了？催我的文字吗？”

他叫着：“文字不急，书收到了吗？”

“没有啊。”

“没有？我都寄出近二十天了，我就猜到出了问题。我奇怪你怎么没回信，一般你收到书后会来封信或打个电话的。唉，我经常寄丢了书，没关系，过两天若还没收到，你告诉我，我再寄。”我仿佛看见谢春池在电话的那一头飞扬着他的黑眉。

我说，人在深圳这锅煮沸的汤里，一天到晚在挣扎，整个地没宁静的时空让我把文字写完。

也是那天，我在邮箱里看见了邮局的通知单，可惜那上面写着“海上收”。晚上我在朋友家给厦门打电话，对谢春池说：“还不知道取不取得到，深圳这地方……上回四川的朋友给我寄来应急的费用，因为是‘海上收’，弄得退票。这一退，退了二十来天，你急死，世界一点也不着急。”

第二天，我一路念着佛，到了梅林邮局。苍天有眼啊，遇上了一位不那么纠缠的人，他只问了几句，居然将一包书给了我。我的命运开始顺当了——我心中暗暗思忖，也许从这件小事开始，我所熟悉的麻烦会逐渐离我而去……

一件事如果太顺利会让我吃惊的。那些一路顺风的朋友，往往对我的这种经验也会感到诧异。

同人不同命。就这样，难怪乎中国人会相互祝愿：万事顺意。人人怕麻烦缠绕。

抱回家，顾不上擦掉南方的汗水，就急急忙忙地拆开邮包，嗬！这家伙给我寄来十本书。

我高兴，我无从选读，我比数钞票还利索……诗、散文、小说，这家伙，粗眉大眼地瞪住我，还在责备我：到深圳也不告诉他一声一句。

但是，谢兄，你根本不知道，我过着怎么样的鬼日子！在鬼日子里若与你通信，那肯定是满纸的鬼话。但没关系，我的写作只是个人的对话，我无意要向社会扩散，若是一定要扩散，那也肯定是赶上了“鬼节”。谢谢人间，还保留了传统的“鬼节”。

我也被某些友人称呼过“鬼才”，这很“中庸”，因为这人间还有大批国家需要的“人才”。这位谢春池仁兄即是。

人才也好，鬼才也好，只是生存场景所养育的区分。中国人永远缅怀“聊斋”精神，人与鬼的交往，对话使阴阳互补、对称、保持平衡。

我一直记住了20世纪60年代流行的一句话，说：旧社会把人变成鬼，新社会把鬼变成人。细细一想，这新社会也蛮可怖的，它竟然把“鬼”变成了人，从此，社会上常常有人不人、鬼不鬼的东西出没于舞台。

说远了，还得绕回话题。谢仁兄的书会让我一下子撑坏肚子，虽说平时饥馑已极，但越饥馑，越要学会慢吞慢咽，这样，消化系统才正常运行。所以，我还得花一些时日来细读。书，还活着，它们比我活得长，我在有生之年总会读完它们。

……

这一代人，至少有《大同文集》作为记忆之刑，深深地鞭笞历史——历史可以抽上几百大鞭，而记忆如同苦刑。这一代人《从歧路走来》，去《寻找那棵橡树》！橡树，曾有诗人舒婷向它致敬。

有人沉默着，有人呐喊着；这恰恰是山，恰恰是海，所以他们有《海山之献》，他们——《惠安：石头与人》，确实是一脸沧桑的表情，一腔《喷薄欲出》的生命热忱……

20世纪，欲哭无泪。

谁比谁哭不出声音?！《请听我哭声响亮》，因为这一代人需要告别。告别《昨天的石楼》。

紧紧《握住生命的圆满》——圆满，包括原野梦中的惆怅；包括不小心失去的部分精灵；包括创伤之痛；包括“圆满”时刻的茫然……

我收拾起这十本书，齐刷刷地列入我的临时书架，有好几分钟的嫉妒……我拍拍这些书背，悄悄地骂了一句：狗日的！

当年的知青是狗屎，偏偏是这些狗屎弄得原野生机勃勃。

2001年7月9日夜于深圳莲花村

天　堂

——一个写诗者的笔记片断

一

雄鸡訇鸣，宣告昨夜的祭鬼节已经安然度过。就是说孤魂野鬼们都心满意足地回到地府，人间又完成了一场祭祀。

这是八月十八日的早晨，飕飕凉风吹来缕缕的仙香，有人告诉我这是黄果树的花香。大凉山一带的芬郁岂止黄果树，我们见识太少，这里有许多种不知名的植物。就是趁着我无知，满树满枝梢地怒放出奇异的花朵。在大自然面前，我的木讷原形毕露。我承认，来大凉山不仅要携带一本地图册，还要捎上一部植物志。七月的大凉山，从气象到气候都是神性的变幻。古籍记载第一侯为“鹰乃祭鸟”。这几个字使我怦然心动。啊呀，我赶上了这个神奇的季节。黑鹰们已经很熟练老道地捕获了其他禽鸟，并将它们的猎物陈列如祭天地，然后收翅而食。

山里人，就是黑鹰，山里人刚刚祭过亡魂，接着又祇仰天空……

二

“中元普度”，是华夏的民俗大节。中国人的亡灵信仰，从邃古时代起始就作为伦理传统延承下来，但是在城市化的社会进程中只剩下了形式，而真正的“礼魂”内涵渐逝。

而这份精神遗产却在大凉山，被毕摩们，被祥云萦绕的山峦保存得如此完整！

中原地区以及内陆大部分城乡变迁的大半个世纪中，尤其是几经政治风云涤荡的汉民族文化区域，人们已经忌讳“魂、神、鬼”的话题了。在城市生活的第三、四代后人都被直观的唯物性改造了人性中的天地宇宙之神秘内视，即使还有宗教的香火随俗践行，也仅剩下皮毛式微，信众们也无从了解和诠释其间隐含的道理。

昊天无言，却显示出苍茫中的神性威严。大自然葆育的原始宗教精神，实质上是人们对不可企及的宇宙神秘力量敬畏感恩的心理。

而大凉山的人们却独守着这份至尊至高的安身立命的传统……甚至连我这个白痴都嗅到民族的生命活力，他们的生命内涵、生死通道、人生观及万物有灵观是多么丰富！

而我即使眼珠溜转，也在此呈现出一片苍白。

三

彝人目中有人，这是谦和及坦诚的。彝人目中有神，这是对万物天地的感恩与敬畏。彝人追寻“三魂七魄”……愉悦鬼神，襄助人事。

远离都市高速度的嚣声和高分贝的嘈杂，进入大凉山绵延跌宕的山脉，我突然有了生命力的复苏，在这片有白杨树作寒冷见证的土地上，我顿悟这种生存的原状态竟是冥冥之中的向往。

曾经规避已久的心性使我有一种得以“整理”的喜悦。

在这之前，我的精神生命和灵性生命却与我的肉体生命是相分离的，所以它们各自萎靡，死气沉沉。

我真的想好好地、气沉丹田地说一声“谢谢”。

这有些矫情、肉麻，但你们知道吗，整个美姑街头人声鼎沸……姑娘、小伙子们都齐刷刷地在看着我们。他们的目光和眼神清澈透明。我笑望着一个女娃娃的时候，她用手捂嘴唇也开心一笑：啊，她不装矜持，她毫不轻浮，是真正的人的本质的笑，原形的笑。这种笑容我忘却已久，因她突然记起。

我走过她和她的同伴们时，我觉得我欠了她们什么……怎么办，擦肩而过，美姑人的真挚笑容已经像一碗苞谷酒，烈烈地冲入我的心肺！

“谢谢啦！美姑，我的彝族姐妹、兄弟，从此以后我保证也对世人如此不卑不亢地笑。”

我在城市被环境污染过，也污染过别人，不经意间我染上了虚荣的恶习——在城市人海里，我们都装着没看见过谁，我目中无人。

八月十九日，刚到笔会报到，我拍下了美姑人头攒攒的街景。这些乡亲们在陪伴着远方的客人。远远地陪伴我们，使美姑又多了一个人文的节日。

请让我再说一句“谢谢”，好吧？

四

活到今日，不能说我见识不广。仅仅几个小时，我似乎有在美姑已待了几日的感受，我已经塞满了许多让我喜出望外的东西，究竟是什么东西？我一时没理出头绪，但至少我有了孩子般的兴奋。

在招待所和朋友聊天至凌晨后，我开始阅览几本会务组给我们的新书。《阿库乌雾诗选》被我随意翻开，其中《尘埃》：“灵肉的堡垒毁于朝夕，意念与巨轮于长涉之途勾搭成奸，言语泛起旷世的尘埃，轻灵与沉厚对峙。”

哦？这诗写得不赖呀！

“四面楚歌啊，多美的蛮夷之声！”

这是随意翻到的，不行，再从目录上找一首读读。我找出《迁徙》：“迁徙，就在母亲的左乳与右乳之间进行！……”

“哇呀，可以呀。”我独自呢喃后，惊喜不已。

承认了吧，我总是不会先相信别人写的诗，因为我读过太多诗作了。

再看画册，阿余木呷，一个年轻的彝人画家，一翻开就顿感欣慰，真可以。它集装饰画、版画以及油彩等手法于一体，充满了神话所需的变形与灵性，好玩，这些书值得一看。

还有《梦幻美姑》、《民间文化》中的“毕摩文化大赏”，我都想一口气读完。别噎着了，天亮了，黎明的气象里，我已经看见那种只可意会的神性。

彝人学者阿库乌雾把神气融入了文字，这是对万物返回元神状态的叙述。阿余木呷使图画点燃了神色，画面就活灵活现起来，他们目中有神，我嫉妒！

五

绵绵细雨中，美姑人热情丝毫未减。开幕仪式如期进行，壮观，豪放。彝族歌手的嗓音唤醒了睡梦中的大凉山，唤醒了雨帘后的天堂。

目不暇接，上蹿下跳地都在抢拍各组镜头。

纳西族作家白郎，拍了许多令我眼馋的照片，他还慷慨地给我检阅。

一个盛装的小女孩，许多人和她合影。我心想：都不顾自己的丑陋，不行。我把她拉到幕景下，安排她拍个人舞姿照，我连拍了几张，接着许多相机苍蝇一样嗡嗡地包围了她。但她的母亲似乎习惯了这种场合，她知道自己的女儿是未来的美女，是美姑县将来选送的“索玛花”。

“索玛花”在汉语中称“山茶花”，喜寒性傲，一树烂漫时，使寒霜中的山谷不寂寞。正因为如此，索玛花被世人认为是兼有梅花的风骨及牡丹的艳美的特殊花种。

而美女是大凉山上会舞蹈的索玛花。

六

万物有灵，树神为媒。彝族原生宗教文化的融通性真令人醍醐灌顶，茅塞顿开。在彝人宗教观念中，树就是神，神就是树，而且古彝文中“神”与“树”也以同一个字“SY”来表述。

人与神的沟通交往，是以“树”作中介，故“神树为媒”。彝民们祭祀一棵“神树”时，祭享者也是天、地、山、龙等神圣之物。

也有彝民称“神树”为“龙树”，因为“龙”的含义不仅是动物，它被引申出更能接近“神圣”、“神奇”、“有神”、“有种”等含义的形容词。

你说彝民族对文字的通悟到了何种程度！

尤其是彝文字，它不是一个简单符号，这是一种意境（即一类含义）。

我在闲逛街头的间隙，发现一个字，它是汉语“山”的意思，但它又出现在“高举”这个词汇上，更在我悬挂的“代表证”上，可见它的共同点在“突出”或“突起”上。

彝文字也有灵光闪现。

树木，是毕摩文化的一种象征，亦是大凉山人寄托人神思念的载体。

毕摩在主持各种仪式时，首先要“做场”，即“仪式场”，并在这个“场”上插竖各种树枝，分别表呈为“星座、神座、神路、神地以及鬼位、鬼地、鬼路、鬼屋、鬼域等宗教路标”。

祭祀仪式中不会离开“树木”的视域，如家支宗族安魂、指路、招魂、送灵、祭祖、占卜、驱鬼、禳解几乎都请来树木作为媒介、载体。

白杨树制作的醒目的“鬼板”上画着各种神力的咒符，借树木原始“五行”的阴阳关系，汲取原始生态中纯粹的灵性和洁净的精气。

我目瞪口呆地站在毕摩挈领而行的队伍旁，看着他们携带的各式法器、法具，这些能降妖除魔、禳灾祛祸、祈福纳福的特殊配备，除了竭诚致以注目礼之外，我深深陷入对他们人生的想象之中。

外界曾经指认说，这些是迷信活动。真是如此吗？我不这样简单地认为，毕摩在作毕时的神情有着不折不扣的尊严，即使他的主要功效来源于“心理暗示”，但这种让“心理”得以解魔祛患的“暗示”，也正是作毕过程的功能。

不迷信的“心理暗示”在昭昭天日下存在，为什么这个“迷信”就一定是不倡之道呢?

大凉山毕摩作毕和祭司，甚而“苏尼”作法，不是一朝一夕的存在。数百年来，如果它祸国殃民，那么它靠什么传承下来并积累了彝文化的智慧结晶?

我却从中找出它更深层的文化背景，即毕摩文化之所以成为彝文化中的主动脉，是因为它对大千世界的普度关照，超越任何一种时尚、任何一种时代性的意识，任何一场周期性的思潮。

它在大凉山区域内横迁纵徙地留下足迹，是它对本民族文明的确信。这个文明给予它万物会聚的博大灵性，让它的神觉感悟到了“宇宙大生命”!

而相反，时代切割出来的文明碎片，使这个“大生命体”变得支离破碎，使人类失去了对“大生命体”的领略。

毕摩文化，是大凉山的精神博物馆。毕摩们网兜里的天书般的“经书”隐喻着（同时也解惑着）天、地、人、神、鬼之间的叙源真谛——至少是这个民族所信仰的原始宗教的始元。

毕摩是凉山的知识精英，彝人生活中的导师、智者及学者，他们是民族文化、文学、口头传诵和人文情怀综合存在的活灵物。

毕摩的汗青，就是整个彝文化的汗青。

七

怀着贪玩的心理，我从毕摩祭祀场带回一个小小草偶。我不忌讳，只是琢磨着。作为“草民”的我对这个“草鬼”表示友善。

这是一个骑马的鬼偶，就让它陪上我两晚吧。我带不走它，这是一种被驱了邪的鬼怪，所以它是地下的“草民”。

而幸福真的从天而降至树神，这一天是 8 月 21 日。

我们要下乡去感受彝民的生活了。大巴一路颠簸，而且还遇上阻碍，但满满两车人居然兴致未减，太多话题可以填充浪费的时间。

依果觉乡毛洪觉村，村口的路上有盛装美女和小伙子、孩子们在迎接我们。

《地球上的故事》摄制组立即开机拍摄。在夹道的欢歌声中，我惭愧地溜进村庄。

在一稍稍开阔的泥地上，嗬呀，乡亲们都在忙着做手艺给来客观赏……眼眶一热，幸而一阵凉风吹来，止住了我的矫情。我看见了一群孩童，他们都坐在村委会土屋的石阶上，我抓拍了他们一张群体照，很漂亮。

村里准备了一套歌舞表演。

阿洛可斯夫基给我借来羊毛织的“披毡”，抵挡了山里的寒风。山坡上一层层站满了乡亲，他们在高地陪伴我们。

“记住啊，你说卡沙沙就行了。”美女阿赌阿喜如是教导我，她性格豪爽，身材玲珑，眼珠像一对动物，随时会跳起来。

席地而坐时，我又问一次：“卡沙沙?”有几个人同时点头。砣砣肉、羊锅汤、酸菜土豆汤、荞粑，一颗土豆还没吃完，敬酒的美女已在耳边唱了起来。我站起来拍掌伴吼着，我的身旁是沙马和阿洛，但是他们都把酒给了我喝，后来干脆我们这一围的人都让我作唱酒的形象代表。

我不断地伴唱，像乞酒似的，满嘴叫着“卡沙沙、卡沙沙……”

“酒醉聪明汉。”饕餮一顿后，我一扫两天来的木讷、白痴之相，忽然活跃起来。

同伴周发星在村外给孩子们散发糖果，后来阿库乌雾询问我们：你们怎么想到带糖果？我微微一笑说：我来过大凉山。

我看见孩子们就情不自禁。昨天在毕摩园时白郎给我拍了和孩子们的合影照片，我正满心欢喜着。我搂着这群山村的孩子们，很想成为他们的朋友。

出村时，猝不及防的拦路酒把白郎给灌醉了。他平时从不喝酒，在美女们盛情和笑的轰炸下，他就范了，竭尽全身心的力气喝得酩酊呕吐……

我是一杯又一杯地如同进入“八卦阵”，一直没有走出一层又一层的“拦路酒”。

最后只剩下我一个人了，我对美女们和村长说，不能再送了。村长说那就喝了这一大碗吧。我说喝完了就让我们走，不许再送。

他答应了，美女们唱起了歌：

“艾仁牟波……艾仁牟波……”

我摇摇晃晃回首招手，随着她们一起唱：“艾仁牟波……这是什么意思？”马上有人回复说：这就是“慢慢走”的叮嘱。

醉了，我的新老朋友们都在激情中醉了。我更是醉得心速加快，但我一直告诫自己：不能倒。白郎兄弟坐在我旁边，他醉得极为辛苦。

八

我叫“萨麻依拖”。

我是四处游荡的灵魂——是“三魂”中的第三魂。根据我生前的善恶、死期、死因等会变成善灵和鬼魂。

大凉山，给我做场“唤魂”仪式吧，让我的灵魂归体，并捉猎我的鬼魔。大凉山，萨麻依拖。

在大凉山的海面上，一棵棵白杨树是怎么走来的？它们肯定不能经过酷热的南方。那么，它们绕过北方的山西和内蒙古的地界，沿着海拔三千多米以上的山脉……顺着大雪山的崖谷，跳过黄茅埂雪线。它们也是在“招魂”的呼喊声中，来到大凉山扎根的吗？做一棵大凉山的树，亦是一种神缘。

大凉山，萨麻依拖。神鹰掠过，诞生了支格阿龙。彝族先民就是先知，彝族文化基因中奠定了“史诗”的元配方和元素材。

古老的创世传说。神秘的毕摩始祖。独特的意境文字。

从洪水滔天起世。英雄支格阿龙诞生。紫孜妮楂的鬼之变。火把战蝗灾。

这个硬朗的民族把历史的足迹拓出了“经书”。

彝文经书，大凉山的精神舍利子！

九

远远地，永远的氤氲在山峦起伏之间徜徉。

八月二十二日的目的地：龙门乡。在美姑河畔，公路旁有一架铁索木板桥跨越河道，那里有一片开阔的河滩，河滩是砾卵，河床袒露着……一排高耸的白杨树下面，毕摩们正在摆设“仪式场”。巨大的草偶绿绿地竖在泥地上，它也木讷地望着远方的人。

今天周发星拎着比昨天多一倍的糖果，见了孩童就分发，在一幢木质结构非常绚丽的檐枋下，我仰拍了一张照。这几天，数码相机里塞满了图片，许多相机的主人都抱怨储存量不够了。

彝族诗人阿苏越尔在河畔散步，他说很长时间没这种雅兴了，他构思了一首诗。而来自南高原的沙马，谈及他更辽阔的构想。

只有在这样的场景中，只有在这样的天地山川之间，你才可能真正观赏到这些诗家们的炯炯目光。

都是血肉之躯，胸口心脏如钟，叩响了，它们和着古老的律吕。不约而同，不期而遇。这个时候他们才是真正的自己。

做一回“自己”是多么赏心悦目的事啊。

当你激动了几天，又被阳光灿烂地抹上一脸悦色，在激动和沉淀之间，几番蓦然回首，你自己就是一壶烈酒，你想被品尝，被一饮而尽。

唯有这条美姑河才能稀释你浓烈而醇香的心情。

那边，毕摩展开行“毕”的经书，诵念的音符如采蜜的蜂环绕飞旋。

这边，朋友们拥簇一团，以美姑河为背景，拍摄友谊。

“这种感觉往后日子还会有么?”文化历史犹如浩瀚的时空，需要心性守望。我们在创造物质财富的人生途中，仍然需要文化取向和精神取向。

祭祀是先民们调整、联系、沟通人与神秘自然的宗教课程。无论祭享者是祖灵还是鬼神，老百姓最终渴望社稷平安，万物生长，渴望安身立命!

彝族人种谦虚知礼的文化品质，也是组成华夏五千年文化传统的基本元素，而这些元素正是来源于敬天畏祖、乐天知命的生命哲学。

文明，不是拥有多少物质财富，而是首先认领了多少精神财富。

大凉山之行，我受益匪浅。而且我的生命信息网络里又多了一批彝族兄弟，他们可能是收藏中最重要的文字：阿苏乌雾、阿洛可斯夫基、晓夫、阿苏越尔、沙马、阿索拉毅、阿赌阿喜……“卡沙沙”！

我也结识了昂立于理论阵地上的栗原小荻，口述妙语的诗者蒋蓝，纳西族古道热肠的白郎，气定神闲的诗人史幼波，四肢和嘴舌都十二分勤快的广州诗人张兵。

因为我们相识于美丽的天堂。

……

但是，我病了，回到家里寝食难安。我终于因为想念美姑而病了，相思病。

8 月 23 日已有惆怅的萌芽，终于病情加重，呢呢叨叨地喊着大凉山、美姑。梦见自己在美姑河畔……奔流中有我的血，卵石是红色的。

我是为美姑街头美女的笑靥病的。

我是为给我敬酒的歌声病的。

我是为美女们唱“艾仁牟波”的缠绵音调病的。

我是为欠下人间天堂那么多素不相识的笑容而急得发病的。我只有来世重新做人才会有如此纯粹的笑貌……

我病了，相思病。

我的病只有重返天堂，才可治愈。我的魂魄或许还流连于大凉山，我希望美女们全体盛装去唤回我的灵魂。把我孤独的灵魂用她们美丽的裙裾裹起来……

即使我语无伦次，我也会说：卡沙沙！

2005年9月13～15日选抄于笔记

诗元素

1. 岁月的九个妹妹中的六个妹妹

占总数百分之六十以上的妹妹已经各奔前程。她们在一幢很现代的大厦里拥有一份很时尚的事业，这种事业很难命名。因为六个妹妹对我说过，她们暂时仍没有完全卖身，她们只是陪同整个上层建筑物一起狂笑或饮酒而已。这是谋生的需要，不得已而为之。她们的心仍然未改变，也就是说，她们仍然爱着我这个贫穷的哥哥。

我在这个繁华的都市很孤独。其余的三个妹妹都是艺术明星，但她们恨我的艺术观（也就是文化与道德的观念）太偏执，导致我不能与她们一起从事某些文雅的工作。

我和岁月经常争执，我很担心我们之间的纽带会断。岁月确确实实被我拖入生活的泥淖，它一如既往地坚持着对我的信任。

事情很简单，而我们在一起时永远找不到一条明确的真理。没有人认为我是对的，她们异口同声地说："你失去了日常生活，你太形而上！"

而我总觉得，她们在卖身。岁月不同意她们去卖身，也不同意我这样的“觉得”或“认为”。

2. 名词能量

名词可能也是一种符号？一种咒语？巫咒或神咒，都使文字符号具有了不可思议的能量。譬如，基督教徒们都念着“上帝保佑，阿门”，佛教徒都呢喃着“南无阿弥陀佛”等。

一个符号，一种咒，使用得多，其威力逐渐上升，其能量开始呈现。

最近几年，我们看见一个名词的使用率相当高，那就是“世纪末”这个名词。它简直成了一个吓唬人的鬼脸。一提及“世纪末”，便感觉多出了一些迷惑和空白。

真难想象这个“世纪末”究竟在时空里会呈现出什么样的能量。总之，它有一种看不见的能量在摧毁着思维隧道。

“世纪末”会在我们心理、生理、地理以及日常物品上留下它的掠痕吗？

它是纯时间的动物，还是一种拥有空间的怪兽？或许它只是一个瞬息，像沧海里的一滴水珠？是我们人类把它闹大的。

东西一旦巨大起来，人就会产生一种异样的惊诧。人类开始被它想象的能量引起思维的起哄，所以思想的浊度遮蔽了许多真相。

其实“世纪末”仅仅是一眨眼的虚无……河流中漂着悬浮物……一群孩子追着随波漂流的纸船……“世纪末”是计量方式。

3. 每到黄昏时

妻子叹息地说：“唉！又下起雨来了。”我忙说：“好，好，下雨最好！”

妻子知道我已经堕落了，她知道一个如此渴望晴朗的人却违心地企盼每天下雨，这种精神现象中的自我抵触。

入夏以来，湘江进入防汛期，我却无端端地以倒计时的心理期盼下雨。我在湖南生活了三十来年，已对湖南的气候了如指掌，尤其九十年代中，几乎没有一个夏季不是在恫吓中度过的，因为湖南水灾是楚文化的一大背景。水灾，一定是雨季引领而来，但雨季不是仅仅按照我的意志来临的。所以，我不是水灾的罪魁祸首，我只是借这一危机稍微休整心态而已。我太紧张了，没有雨季，我可以紧张致死。

在每天的二十四小时里，我只有在夜晚才是活生生的人。在二十四小时之内，我最不愿意度过的就是黄昏前后那要命的几个小时。

黄昏时分，电话频频……

黄昏时分，门口似乎总有络绎不绝的人在走动。

黄昏时分，心速加快，皮肤发热而瘙痒。

黄昏时分，我想到的事物都那么恶心。

万恶的烦恼纷至沓来，在黄昏时分……

唯有我知道这是什么意思，所以，我对黄昏的雨特别喜欢，最好是下倾盆的大暴雨，让人们都失去行动的愿望，让我躲在陋室里，与任何人失去联系。

妻子认为我应该属鼠，而不应该属龙。哪有这种潜伏一世的龙？

分析深层原因后，为了不刺激自我，于是只能得出如下结论：这是黄昏综合性失魂症。

4. 三元钱的茶末

喝茶的习惯是与生俱来似的，我喜欢喝茶。现在的城市流行“茶室”。在长沙的茶室喝一杯一般的茶（沱茶或绿茶）最低价也要六元。茶室是朋友聊天的好场所。但你是常客，这笔消费还是惊人的。

我每天要喝许多茶，哪怕食欲不振，茶欲从不衰退。以茶度日成了习惯。

我的恩师徐麟教授那里有极好的安徽产的茶叶，我品得出它的天地之精气。

不过，我在家里日常所饮用的却是三元钱一大袋的茶末。三元钱可以喝三个月以上。

放心，它仍然有自然界的芳气。

在茶室喝一杯，而在家可以喝半年。

贫富拉开了世纪距离……

5. 在睡掉许多日子后的日子里

以后的日子在我宅院的葡萄架上等待阳光哺育，但是在阳光之前，大风大雨把日子击毁了。我看见以后的日子在风中一缕缕飘逝，在雨中落地成了污点。这都是阳光来临之前的事实。

阳光照射在一片没有日子的葡萄架上。真正的鸟衔着一颗颗晶莹的东西飞走了。

以后的日子应该把它睡掉，一分一秒地处在昏睡状态和梦状中也许是日子的善待。睡，是一门很大的学问，是一种对生存的极大放逐，同时也是最传统的创造。睡，是生与死的实验。以后的日子，宅院干干净净，没有日子的尸体。它通过我生命隧道的另一片神性的空间回去了……回到它的时间。

6. 封面画原稿

《大陆先锋诗丛》十卷套的封面画及内页插图均由台湾画家高兴先生所作。主编这套丛书的黄粱先生把大部分原稿装进他的行李，送到了每位在大陆的作者手中。那天，他在我家把行李打开，拿出一个夹画用的纸壳，把我的那张封面画小心翼翼地交给我。一张八开大小的原稿，居然没有一点折痕。他说，这是高兴先生的嘱托。

封面上是缩小了的浅蓝色的版。我终于拥有了唯一的与我有关的封面原稿。这是一幅天地人合一的境界图，我很喜欢。它是我那本《死，遗弃以及空舟》的主题。那只小舟置于中间的一个类似混沌卵细胞之中，仿佛是一次孕育或幻想，天上浮着与地上对应的人体，他们死去了，他们也活着。它们恰恰符合我的“天地人”基本理念，更体现了我对宇宙大生命的认识。人的全幅生命之文化精神得以呈现……

我把画稿装进了镜框，竖在我的铁制书架上。它让我深感诗歌艺技的极限，因为它们几乎让我时时处于这一场景中，让我临界苍茫——而这一苍茫既是我的诗境，亦是高兴先生的画境。

混沌间的卵细胞在等待我的基因精虫，而我由于缺乏足劲，已经走不到天地之间的梦之空间了。

这幅原稿上的画面渐渐变成一种传说。

7. 不可替代的独一无二的命运

确实是这样，命和运是一种奇特的配方。太多的迥异，太多的内容。

佛经告诉人们，我们的命运是独一无二的。任何人都不可替代任何人。于是灿烂的芸芸众生形成灿烂的命运景观。

受苦受难，那是配方的结果。

这些难题已经纠缠我好几年了，如果有记录可查阅，它就是人生的一部历史书。但是，这一路上悟出的道理都像日子一样随风吹走，仅剩下一些残余怅惘。

我目睹了父辈的命运，那是培养我同情心的事情。父辈们木讷的一生、挣扎活着的一生、疾病恐吓的一生让我忘记了自己的一部分痛苦，冲淡了我对不幸的体验。我觉得这人间受苦受难的命运是宇宙生命圈里的主旋律，人类总处在逆来顺受的时间，超出这一时间的反抗或叛逆也是以伤害自我的代价而获取的一点点“逍遥”而已。

是逍遥，不是幸福。这种逍遥是以刹那为计量的。

人的所有语言，最不可解释清楚的就是临终前的那一声哀叹。我爷爷的哀叹声后，天刚亮……父亲是怎样哀叹的，我当时不在场，但是听到了这“画外音”。人是聪明的，也是愚笨的。人把一生说不完、说不尽、说不清、说不准、说不出的话语归纳在最后一声叹息里，也证明人用一生的思维也说不完、说不尽、说不清、说不准、说不出应该说的话语。

这正是独一无二的东西，不可替代。

不可替代的命运证实了独一无二。

在高人的指点下，我学会了深呼吸。果然比哀叹还具有神秘感。深呼吸令人触到命运的底蕴，但也令人发现对自我的陌生。人人都会遇上自己命运中的陌生点，于是人人都不认识自己。

人，只认识自己的表层或大概。许多自我认识直至最后也是错误的。

人，对独一无二的命运很难把握。

没有前文化前语言垫底的人是认不出配方的，命和运的配方仅靠五官来识别是不够的。

一生都在认识自我命运，所以一生都在修改前一次的认识。人间堆积着未定稿的书。

我已经涉猎了精神病的学说，因此，我已经到了不想认识自我的阶段，到了从不修稿的阶段。所有的原稿都处于一种不去完善、不去掩饰的初衷状态。

这亦是不可替代的独一无二的状态，如同命运！

8. 家犬与家鸽（顺便论及鸟）

鬼使神差地竟然弄了一条小狗喂养起来。整整一年有余，这条杂交狗已经离不开我妻子的脚步。妻子把它宠得有些偏执，它每天还没天亮就醒来，在我妻子的耳边轻轻嘀咕，它要溜达。每天要溜达两次，一早一晚。它竖起耳朵守护着后门，有人走动它就叫唤，真不像一条不看家的宠物。它要吃猪肝、牛肝，其他东西不爱吃，宁可饿着。它会捕苍蝇、捕飞蛾，但成功率不是太高。

它舔我的嘴与鼻孔，很腥味，但它从不怀疑自己是否有这份权力，总之，它十分醒目地住在这个家庭里，谁也不可以忽视它的存在。它许多地方比我还需要伺候，成了我妻子的一件负担。

它不愿与我们厮玩时，就独自躲在椅子下或电脑台下睡觉，怕我们打扰它。

我有好几次想把它送掉，但它的样子实在可亲，眼神十分像我，并依赖我们。妻子也舍不得送掉它。

记得几年前喂鸽子。把鸽子喂大了，不知要搞多少卫生，也耗尽了业余的时间。最后还是被人偷走了一只，另一只因为太孤独，飞走了。

伤心的事不能重复去做，所以，喂动物绝不是单纯愉快的事。

这条狗咬伤过别家的小孩，赔钱事小，就怕生出大麻烦。

家有小女叫鸽子，这乳名从小叫到大会成真的，名字随着岁月越喊越灵。我家喂鸽子最高峰时，至少有二十只，但我们从未敢吃过鸽子肉，心里有戒忌。孩子到了十岁时，别人拿过一次鸽子肉给我们吃，她很生气，说是吃她。

我妻子问这狗再长几年以后怎么办？我说不知道，但愿它跑掉。可惜它不会跑掉的，因为它的野性已经没有了，它习惯与我们拥挤在一起。我还说：狗也会老死的，死了就埋在后院的葡萄树下，让葡萄长得更繁盛些。我妻子说那不是件很伤心的事么？我说想那么远干啥，再说这日子这么难，人还顾不过来呢……

为了动物我家也贡献过不少眼泪，也做了一些常人不解的事。葡萄熟了，鸟就来吃。我们很高兴，还议论那鸟很漂亮，是真正的鸟，不是那类麻雀。因为我们的后院已经有好几年不见麻雀了。我纠正妻子的说法，说：什么真正的鸟？麻雀也是鸟。

最近听说《还魂鸟》准备选发在《新生界》杂志上。刘恪说这组散文诗思维触点较多，人的许多问题都连缀起来了：如人与大地与死亡，性与生命，空间与鸟，时间与生死，还有人的自由、人的境遇、人的位置等。

我妻子却不是这样认为，她只说：鸟的诗集要出版了，狗的诗集怎么不写呢？我望着她的背影，她胖乎乎地牵着狗走入后院，她准备来摘第二批葡萄。

家境还是很穷，而一个夏季却有葡萄供应给鸟吃，吃不完的供给我们自己吃。紫色的葡萄透出珠光宝气，很甜很甜。狗知道这是我们的葡萄，所以当别人在那里路过时它会十分警觉。小鸟们在吃葡萄它并不在意，只是望着，张开嘴巴笑着，还摇摇漂亮的尾巴。

关于鸟，我不能再多说。《还魂鸟》再次发表，我终于害臊，因为四十八岁的人，不能再诞生“鸟”的意象。

狗的叫唤声帮我吓走了这些幼稚的意象。

9. 灵璧石

这块封存着前世姻缘的石头，来自安徽的一座真神居住的山……而我没去过那座山。

不幸的是那座山现在坐落在我家的矮柜上。

那是一个复辟的日子，中国人开始重新使用“贵族”、“资本”和“发财”等词汇的日子。中国人的眼珠都像重见天日的珠宝，闪出无畏的光泽。套用现时流行的一句话说，中国是无知的。

这并不是说中国人蠢，而是说中国人天真、纯洁。对于许多财富上的事，中国人表现出童贞式的兴奋，而真正的童贞却是不针对“财富”的。

中国人天真，也是被封闭的结果。其实，历史上古代的中国人并不天真，就是说，中国人认识财富，并且很精通它的来龙去脉。那是历史，与今天相去甚远了。

在复辟的日子里，中国的大街小巷都在做生意，都在打麻将（这是一门古老的赌技，沉寂了近半个世纪）……中国人开始吸毒了，也恢复了娼妓活动。总之，凡是可能聚集财富的事业，中国人全部让它们复苏了，并注入现代思维。

我走在街上，发现这块灵璧石。现在已忘记当时的价格，我毅然买下它，沉重地背回家……老婆说，你该买的不买，这么笨重的石头却花了几百元钱。我说买东西只是图个开心。任何东西买回来归自己所有，也是一种活法。我喜欢它就买了，不喜欢的东西送给我也不要。

放在家里，老婆说，这石头确实耐看，上面的原始白点点像梅花似的可人。

其实我家里不该买的东西才多呢，岂止一块石头？这些书，我就不该买，我死了谁来读它们？况且现代社会与古代不同，现代社会能留下来增值的可能早已不存在。那些喜好收藏什么的人，都是笨蛋，都是被历史骗得这般傻的。我还是比较赞誉那些现时现吃、现时现玩的莽汉们。他们注重现时享受，也不沾上什么艺术品位，一日三餐，一天一觉都顺顺当当，没有什么恐怖的理想和追求，也不奢谈人生意义。就是活着，对得起这条命。

而我已经从小沾上了“艺术”的坏毛病，玩些精神上的东西。从年轻时代起，从牙缝里省下钱去购书，去写作，病入膏肓。

只是一块灵璧石，而天下有奇不止千万，我又能拥有多少呢?

而天下的“我”只有一个，只有一次，我又对自己拥有多长多久呢?

10. 红纸符和黄纸符

老婆失业在家，渐渐与邻居搅得熟络。

某日她在邻居大妈的劝告下，趁我外出，把一位从南岳衡山下来的会“法术”的男子请进家。她刚准备着张罗“道具”，我偏偏回家了。

老婆一惊：你不是说出去办事么?

我望着陌生人，没吭声。那位邻居大妈急了，忙笑着说：这是我家远房亲戚，来走走的……

我突然明白，老婆怕我说别人或指责她。心里一恻隐，我就说：那好吧，我再出去吧。

我又出了家门，到附近散步去了……

再回家时，已是下午，我看见门上贴着一条黄纸符，上面画着“法术”字符。我又注意到屋里的瓷观音背后有一条红纸符，上面也有字。

老婆想解释点什么，我摇摇头，并说："谢谢你，你想让这个家平平安安度过这些年的艰难，难为你了。"

从那天起，我发现老婆的情绪比以往稳定了许多，她开始能吃能睡了，因为她心里已经有了指望。

不管这红的黄的纸符有没有法力，至少，老婆的心里已经安宁多了，这就是一种"法力"。

人们说，家和万事兴。一点没错。我老婆与人为善，在家与我相敬如宾，尽管她吃了不少苦，但她的心情很舒畅，她富有极大的同情心。在这么艰难的日子里，她倒常常可怜别人，为别人操心。

她失业了，没有工资，也没有所谓的生活保障金，但她每天忙碌着，因为她相信，一切都会好起来，观音会保佑家人平安，会保佑她老公万事如意，会保佑她孩子学习进步，会保佑她母亲身体健康，会使一家人度过危难。

她很坚定。

11. 丧事之后

每个家庭、每个人都会体验丧事，因为死人的事是无处不在的。每时每刻死亡都在与人类交往，每时每刻都产生着极度悲伤的人群。

侥幸的是，我们家一直还对死亡没有直觉，死亡的事离我们还远得很。

忽略，这其实是一种忽略。当死神敲我家的门时，我猛然意识到我们的父母已经力不从心，他们把一大群子女养大成人后，自己已经衰老，疾病时常威胁着他们的寿运。虽然我们在默默祝愿和祈祷，但是我们总是逃不掉死亡的结局。

进入一九九九年时，父亲大吐血……

一盆盆乌血像混凝土……/倾倒在基建工地　黄昏提前/结束　一片天黯淡了　六十公里/的哭泣声　传到我的脑门/我从床上一跃而起/喘急地回想刚才的梦境/一个冷战……心慌意乱/……

我接到了确切的电话，妹妹说：父亲在医院急救，危在旦夕。

天上下着血雨　心在焚烧/怎么也浇不息的怒火/天哪！一个人即将匆匆/走完人生　而他刚刚完成/父亲的事业　开始/像孩子一般迎接天真/而他忽略了……/岁月已经从他手指缝间/悄悄遗落

每个家庭都会遇上悲伤的事情，这点我心里早有准备，我只能希望这日子稍晚一点再来，让我和妹妹们缓一缓，因为父母亲们还未来得及享受我们的孝敬。过去我们都在忙于组织小家庭，忙于在社会上立足——虽然一直站不稳。

我们都忽略了！

父亲是几个月后逝世的，那天我浑身上下没一分钱，我在一天之内把刚刚买了一年的保险退掉了，损失了些折扣，又去朋友处借了两千元，另外是单位同事们凑的份子钱。这些钱来得急，也花得急，它们本不是我的钱，只是我的一种债。

父亲走后，我一贫如洗。家庭的生活每况愈下，弄得我常常坐立不安。

我决定，先停薪留职去深圳打工。因为我的肩上扛着养活家人的担子，而我的工资太低。

12. 语无伦次或抛弃

来到中国的最南方。

漂泊在亚热带的版图上，居无定所，且时常一日三餐无着落，这比原来预想的要惨淡得多。已经来了大半年了，挨过一段段被焦虑感染的日子，也熬过了失眠之夜的迷茫……

来深圳之前，我几乎每天蜷缩于黑黑的屋子里，一种冗长的慵懒已经和我捆绑在一起。做什么事也无趣，阅读已厌倦，写作也失去灵性。更多的时候是睡觉，用整个白天补睡——补回夜的失眠。

我患失眠症已有五六年了，苦难的兴奋让我彻夜思索。

由于失眠，我常常语无伦次。

谁会想到，四十八岁却是人生漂泊的年龄。许多四十多岁的人早已安身立命，持守家业或收获业绩，而我离开妻儿，来到几千里外一座把金钱看作生命的城市。

来时的一段日子，仍然语无伦次，所以与一些朋友相处得很不和谐，最终加之经济拮据，导致辞别。这样，我开始了寻找工作的历程……

怎么也进入不了角色，而只会写诗。

虽然生活很艰难，很苦，但对于来深圳，我却深感万幸。唯独我自己知道，漂泊生涯激活了我。

我又一次活在紧张的求生欲望中，又一次感到为人之生存的压力。我以十二分的挣扎在南方寻找我的饭碗，所以，我的活力恢复了元气。

我学会了抛弃。

这一点太重要了，我比过去更加愿意接受挑战了，因为我抛弃了虚名与尊严。我抛弃了一些虚无的东西，尤其是抛弃了人生之中不必要的“追问”和假设的“价值”与“意义”。

我回到简单的自我的“原始状态”。

由于抛弃，心底干净多了。由于抛弃，我逐步摆脱了语无伦次的症状……健康起来！

如果你现在问我，生活得怎样，我会回答说：再也没有比我更幸运的了。

如果你还问我有什么收获，我会说：我获得了一个漂泊者应有的感恩的心。

这个城市让我明白，我不过是个赤裸裸的男人，除此之外，我只有体重。虽说太轻，但我走得很有力。

一个盒饭就让我欣喜若狂。

13. 偶然失聪

从小时候起，我的视力都是最好的，后来变成近视，再后来就老眼昏花，不戴老花镜已经看不清书报了……人的这些装备随着年龄在改变，这很令人沮丧和失望。

当幻听出现时，我暗暗吃惊！我居然那么清楚地听到了根本不存在的谈话内容，而事后证明客厅里空无一人。这着实吓了我一跳。我知道我真的老了，已经快五十的人了，居然还号称年轻。

熟人很奇怪我为什么戴老花镜读报，由于我的长相很难看出实际年龄，所以旁人总以为我没有戴老花镜的资格。那么旁人更不会想象得出，幻听给我带来的奇异的恍然。

而有一天，我什么也听不到了。窗外大雨滂沱，我半睡半醒地想到室外的晴朗，当我看见窗外雾蒙蒙一片时，我发觉，这是无声电影时代的再版，我听不见雨声，我不停地晃动脑袋，像一件玩具，脑子里的脑浆与脑壳有些脱离，很痛。晃了半天，耳鸣突然响起，似乎仅仅是接触不良而已。

我为人体的机械性而默默悲哀……

人，怎么可以如此机械呢?

有人与我讲话，我并没听清楚，只是凭直觉在答话，并一边观察对方，直到真正听清了他的话语，真要命。

人在疲惫时会出现许多人体故障，这正是人的毛病。人体功能是有极限的，这点只有体验了才会相信。

14. 一件善事的起源

老婆为了不在家里吃闲饭，趁我去广州旅游之际，勇敢地跳进商海。她和我的几位曾在一起写诗的哥们签了共同经营服装的合约，开始了服装生意。内地的投资环境还十分恶劣，地方官员对于私营企业是非常苛刻的。这是个转制的过程，没有什么平等可言，内地与沿海地区不是同一气候的。

经营失败后，我们家已欠下几十万的债务。老婆一下子苍老了许多。家里的气氛无异于办丧事。

经过一番折腾，我的书房里堆积了十几大袋儿童服装，是从商场联营柜台撤下来的货物，价值十几万，成本价至少是八万元以上。我们不想每天都看着它们，但是它们占据了我们的日常生活空间，朝夕相处……

那是 1994 年除夕，我打开电视，看见新闻正在报道社会福利院的事，字幕还打出福利院的电话号码，我立即拨通了电话，院长正好接电话。我说我有一批儿童服装要送给他们，院长问有什么条件。我说要什么条件，你就来车拖走就可以了，今天下午就来吧。院长说，那就等他通知电视台的采访车一起来。我说，采访车来那就不送了，我不要任何人来泄露消息。快过年了，马上来拉走了事，我可以搞搞卫生。

福利院来了一辆面包车，院长和他的办事员及司机，走进我的书房，他们大吃一惊：这么多啊？那我们的面包车还太小了。我说，先装上一点吧，要不，运两趟就行了。院长说：就这样全部给我们？你们还可以卖出去的。我摇摇头说：不卖了。我请你不要把这事说出去，但这批货确实是我们自己的，不用担忧有什么问题。他仍有许多不解，我只好进一步说：我老婆做生意垮了，所以我们不想要了。今天碰巧看了电视，你在镜头上说需要社会支持，碰巧我有些儿童服装正赶上孤儿们过年可以穿穿。院长说：也穿不完啊。我说：你可以设法去换些钱呀，反正统统由你去处理了。院长一定要拉着我们夫妇俩照张合影。

事情处理完了后，我的书房忽然亮堂堂地宽敞了许多，我和老婆开始打扫书房。我们俩那天非但没有感到心痛，反而抹掉了脸上的阴霾。我们的心情开始晴朗。

那个年过得很开心。我在当晚陪着老婆去开福寺进香。她自从下岗后学会了祈祷。她不为自己，只为她的丈夫和女儿，还有她的父母亲。她把心情寄托给了“佛”。

我不反对她信佛。不然她还会相信什么呢？至少她还保存了信仰，保存了生存的力气。

压在心头的东西抛弃了，人会找到原来的自己。

15. 一条到处逃窜的狗

现在，它已经有了“大麻狗”这个爱称了。现在，它已经成了生活住宅区里的“保安”了。现在，它虽然回避人群，但它不再躲藏和逃逸了……

去年我回家，我家的小京巴狗看见我，欢跳起来，它一定要坚持舔了我的脸后，才肯安静下来。这条京巴狗陪伴着我的家人过日子，使这个没有我在家的屋子里充满着一种生气。我妻子为饲养它，每天去菜场买菜时要多买一份牛肝和其他食物。家里有一条狗，无形中多了一份牵挂，也多了一份人与动物的灵性交流。它其实已经可以听懂我们的话语了。我一回家，它依偎在我的身边，有时我写东西看书整整一个下午，它睡得像人一样在做梦。

我发现妻子在弄狗食时弄了很多，我问她这么多怎么吃得完，这么贵的米饭浪费也可惜呀。我妻子笑笑说：还有外面的大麻狗呀，它可会吃了，每天吃得比我们人还多。

大麻狗?

她告诉我，我们水厂厂区有一条被人遗弃的流浪狗，一直躲藏在厂里的橘园里。今年还生了一窝狗崽。饿得很瘦。

你就去喂它了?

哪能这么容易，它不乱吃别人的东西的，一开始给它吃东西，它不肯靠近你，等你走了，只走近闻闻，不吃，就远远地逃离了。

曾有人想吃掉这条狗，但是谁也别想靠近它。它是狼狗，飞跑得像风一样。

……

我每天牵自己的狗溜达时，它在远处望着我。后来经过许多次，它才吃我送的食物……再后来，每天在路上等我，现在，它把我们送到家门口。

我听了心里一颤，我知道妻子对动物的善良。在家境贫困的今天，她仍然保持着一个人的慷慨和无私，真是有德之人哪。

那天，我随妻子去给大麻狗送食物。走到水厂路口，果然有一条灰色的狼狗，昂首挺立在夜色中。它的眼睛虽然细小，但很有神气。它有一种漂泊者的气质。它看在妻子的份上，走近我闻闻我的鞋子，摇摇它的尾巴。这样就算认识我了。它吃完食物，送我们回到家门口，就疾步离开了住宅区。

妻子说：它有时整夜守候在宿舍区，现在贼也少了。它可对付几个人。

我女儿放学回家，只要遇上它，它就会送上一段路，送至家门口。它只吃我妻子亲手弄的食物。

今年年底我又回家，大麻狗看见我跃起来，前爪可以扒到我的腰以上部位。它跟着我进了书房，在家里巡视了一遭。它好像什么都明白。

它是那么需要交流……

16. 漂泊与邂逅

一篇访问记中稍微有一点我为何来深圳漂泊的影子。但是漂泊是需要段数的。我必须养家糊口，而且到了不可松懈的阶段。

不管心境如何，刻不容缓地打工实为上策。

老百姓的家庭，先把钱寄回去，把日子过了，再去讨论人生、生活、生存理由、生命意义等问题。

中国有“文化苦旅”的矫情文人，我就没资格说文化漂泊或漂泊什么什么的了。谁管你为什么漂泊。人们都忙于找钱，我也是为找到生活费奔到中国南边海角的。当我发现钱并不好找时，已经进退维谷了。然后只好咬咬牙关，挺住。

我在深圳挺住。

我在深圳焦急。

我必须深入深圳，与深圳有深度接触，我才不枉漂泊一场。于是，我开始在深圳到处奔走……

毛泽东说过：司徒雷登走了，白皮书来了。

正是这样，我的行囊中只有白皮书，这是我从小最爱的玩具——没有字的笔记簿。

为了生存，我逐渐认识了不少诗人、导演、模特儿、歌手、策划人、记者及作家。我也结识了雏妓、皮条客、身份莫测的女孩……我的阅读开始了。白皮书有了文字。

深圳有几个地名是值得镌铭的，它们是莲花北村、清庆新村、八卦岭、巴登村。我在这些地方度过了无数个不眠之夜，那里的快餐店、街头、发廊及周围都让我找到可写的文字和情节。它们是深圳的具体场景，它们形成一个漂泊者对现状转呈为印象的城市意识……它们住着我，它们住进我。

和岁月一同置世态炎凉于不顾，站在物质时代的光怪陆离的亚文化区域，随时混入人海学习生活。啊！一声惨叫吞下饥肠……

朝夕相处的岁月并没准备抛弃我，或凌辱我。这就是她无限的道德能量，并影响了我对世界与人间、城市与现代的认同。

也许就是在观看那些虚妄的人们如何奔向财富，拥抱荣耀，欢呼成功……我的心速越来越平静。不曾拥有的人生，反而倍感轻盈而自由。

也许就是在若即若离的漂泊中，让我意外获得一场邂逅。她，使者般走近我，并传递苍天的密旨。她让我好好活下去，继续写作“白皮书”。

无法计算我活着的损耗，甚至于我是如何活下来的，也是没有正确的答案，但我毕竟风雨无阻地满城乱奔。直奔自己的天命之年。

我养活了家人和自己，苍天养活了我……

17. 城市目露凶光

过了伶仃洋，我又看见了贪婪的集装箱堆积在海岸线上。堆成一个巨大的码头、港口。一座沿海城市的云雾深处，还堆积着灰蒙蒙崛起的楼盘。

这座城市真的需要这么多高耸入云的高楼大厦吗？这是我经常触景生情的念头。这些与我毫不相干的高楼常常堵得我窒息，堵得我失语。

只有这个时候，我才露出内心的幼稚。

已数不清多少次漂洋过海地来回于蛇口港与九州港之间，伶仃洋的颜色至少有六种以上使我刮目相看。晴朗的蛇口，引擎声塞满了我的耳膜。我终于回神眺望了一次海面，蓝色中带着一种新绿。

它不是我的天命色彩吧？我好像不符合这种颜色，我更适应浑浊的暮色。那样，天气才会神秘莫测，苍苍茫茫之中，我才心旷神怡。而现在如此蓝天白云，碧浪旖旎。我若有所失，陡生怅惘。

我总是拎着沉重的行囊……

我为什么匆匆赶到这座城市来？它究竟有什么东西可以给我作一次“漂泊”的注解？我很奇怪自己，这座城市并不青睐我，需要我，而我一次次奋不顾身地赶来，风风火火地，其实并没什么重要的事件等我融合。可笑的是我自作多情。

坐在车窗旁，我面容被阳光涂得有些滑稽。可耻的倦意、可恶的尴尬。窗外那些熟悉的景区，越看越不像什么。尤其和我毫不相干。

越是毫不相干，越是占据了我的意识。所以我在车上打着瞌睡。直到售票小姐唤醒我……巴丁街口的一站，我曾在这个街口徘徊过许多夜晚，街口的女人们都认识我的相貌。

这座城市已经露出惊险的神色，它的数以万计的目光里，掩饰不住的凶酷，被我的直觉发现了。

我知道此街仍是忍辱含垢。

18. 死于梦中的乌鸦

我的睡眠极不规则。

时间表、地点……生活也随之毫无节律，饮食没一定的要求，有时整个白天都睡得不想起床，也有一整天在做三陪，喝得太阳升起落下，浑身发痒，视线模糊。

越活越不守规矩，不想出息，不知死活。

年龄的增长并不代表一个人的丰富，荒芜失效的智力，麻木的反应神经系统……有一段时间我一直期待着自己堕落，于是我把“堕落”先说得很堂而皇之，有许多理由支持着我去堕落。我认为不会体验堕落就是人最大的堕落！

绷紧的神经需要松弛。快速的跳动需要延缓。久闭的想象释放于日常的怪异举动里。这就是我常常失眠，而又常常发愣的原因。

但是有一天晚上，我却很快地睡着了……乌鸦，识别着黑域的深度。

那只在睡眠深处的掠物就是我，我也就是乌鸦，乌黑地飞过，我真的看见它飞逝在黑域深处……我睡着的时辰和它亡命的时辰恰恰吻合。

翌日上午，我一直在猜想，我为什么会梦见乌鸦呢？并且梦见它的消亡——直觉认定的消亡，不是消失。

这个梦太难忘，以至于我竭力去猜想它背后的神秘寓意。

19. 街道隐身术

许多功能是与生俱来的。

我又失踪了，我的失踪让朋友们讶异。

九月的某一夜，我找了一辆小车，二十来分钟就运走了我的书和日用品，隐没于城市闹区的黑暗中。

在一处出租公寓楼的某朋友的房里睡得四脚朝天，天昏地暗。睡足后起来打开轰隆隆震响的窗户，发现我站立的高度……环线上的黄昏时分的汽车都似爬虫一般，走走停停。

望着一捆捆的书和逃难般的凌乱。我并不知道接下来要去哪里，去干什么。我想失踪就失踪了，就这样简单。明天的生活老天会暗示我。

失踪是我的第一功能。

饿了总要去寻觅食物，我下楼了，走到乱哄哄的街道。进入一家快餐店，点了一份便宜的食物。

我想起某日在风中疾走的情形，飓风要登陆这座城市，天昏地暗，而我狼狈得无处落脚。最后走到了八卦岭的一位整天玩电脑的朋友宿舍，饿着肚子陪同朋友观看他存在硬盘里的裸体女人。他说，这就是单身汉的穷快活。

我发现，一个人在饥馑时，是没有情欲的。真是“饱暖思淫欲”啊。

我的朋友中有不少是势利眼，而且在这座城市里混着，大家都不轻松。

生活的真谛就是“混”。

带着人生的烦恼，睁开发亮的瞳孔，日日夜夜地窜行在不可知的途中，总是感到莫名的危机。

人在逆境时，常常耳聪目明，特别敏感。自尊越来越小，而脸皮越来越厚。已经不会左顾右盼，也不会装模作样。

吊儿郎当是我的第二种功能。

我曾租房于原住民的村庄，房东总是守在大门口等着我的出现，因为他怕我拖欠太久房租。而我几乎很难被他碰见，他根本没有我夜猫子一般的习性。

房东家的狗看见我从来不叫，在它看来我是同类。我长得狗模狗样。

与动物相处默契是我的第三功能。

就这副狼狈样，我得到许多女性朋友的照顾。很奇怪她们的眼光，在她们看来我几乎是天才，是仁义大度、有品位的真男人。

她们读我，她们给我最温情的粮食和目光，她们为我写序，她们为我出版书卷，她们听我口若悬河地讲话，她们春夏秋冬地惦记我……她们照亮了我。

有女人缘是我的第四功能。

正是她们的照耀，使我在灼白的日子里令人炫目。人们看不清我的面目。世界在寻找我时，与我撞个满怀也不会认出我。

在伶仃洋的漂泊中，我的懒觉睡过了灾难。我逃过一次又一次劫罹，活到天命之年……

有时回想起自己在街上走得那般憔悴，真有些愧疚。幸亏在人海中混过去了。

混得如此隐匿是我前世修来的功能。

直至今天，世间繁华盛景，而我已远离！

20. 活着，还是死着

理由偶尔会极其简单：好死不如赖活着。一世人生无非就在百年之内，活一时，如同死去一时。哲理如此而已。

一天天地活着，也一天天地死去。

紧张而苍茫之中，我们无法控制时辰之死亡。而且流逝的时光，意味着生生不息地活着。这是悖论。

我们，人类，深一脚、浅一脚地走到这里。走着走着，来到了预言中的末世纪……人口密集，但人性荡然无存。我们人类进入了缺乏人性的质变期！

纵观人类，并不是活着，而是死着。死去的是人性和人类悠久的元道德。人类活得如同恶魔，穷凶极恶地瓜分着各种物质。根本没有理由的争执成为人间弱肉强食的事物。

事物活着，也是死着。

据我所知，活着就是积累生命的能量，耗费能量，使能量物质最终成为灰烬。而恰恰有许许多多人并没有耗尽一生的能量……许多人一生中所耗有限，生命对于他们仅仅是死着，能量物质处于冬眠状态。

由不得你不信，事物就是如此。这一切也应归功于时间的容器，它装下了我们人类种种活法和死法，连同空间它也统统吞噬。

重演的事物致使人类迷茫……

生的过程或死的过程。也可以认为两种过程混同一体。

茫然无措被人类亲证。

他们深一脚、浅一脚地走着……

导致生与死的是人类自己，存在着不等于活着，死去的物质（或说众多物质解体后的状况）也存在着。生命力量来源封存于人体内部，而启动它们、耗尽它们完全符合自然功德与法则，人啊……

21. 失去精神味觉以后

人的精神太过抽象，是形而上的东西，更是无法触摸的东西。

抽象的东西亦有系统。

在人生索然无味、了无生趣的日子里，我突然发现我的精神已经失去味觉很久了。

在枯水的河床上 坑坑洼洼地走

疮痍的景象

与运命何等形似

怅惘　是幻灭。进入世纪陷阱

再也看不到曾经的蓝色流域

这是一条停航的河道

气象全非！而且冬季来临

一个失去味觉的人，吃什么都不香，食欲逐日消失。而失去了精神味觉，人的热度急剧下落……这是很可怕的现象，而这种现象异常寒冷。

一个人要保持正常的欲念才能维持正常的精神。我们在抑制欲之强烈的同时，千万不可用力过猛，以致将欲念扼杀。欲的死尸会破坏人的胃口。

经历告诉我，精神失去味觉后，衰老接踵而至。未老先衰的人对生活是冷漠的。

最寒冷的日子，莫过于来自心灰意冷——就是对生存失去热情和兴致。

整个冬天我蜷缩在沙发的一角，用被褥捂着，足不出户。没有性爱，没有期待，没有思想，巨大的空虚陪伴着我。

如同一只搁浅在河床上的木舟。

22. 女生尝试另类

一代与一代之间的隔阂既简单又显然，以“与时俱进”这一喻断，每一代人的观念总有许多不一样的内涵。

理由被社会推升至“价值体系”……从人性到教育素养，直到现代人个性的表达欲望。

问题也错综复杂（不分析则已）。譬如女大学生性意识的开放和社会白领女性的择偶趋势，都可能因为她们对爱情婚姻的失望而致。包括没有情爱经历的女生也会受整个环境的渲染而认知这些观点。

几年前在湘江河畔与一群大专女生邂逅，我和一位男友陪同她们在“迪斯科”又舞又唱，疯了半宵。大家很友好地互留联络方式就告辞了。事后男友还悄悄地说：“她们很容易上手。”我听了很反感，我说：“除非你真心喜欢她们其中一个，凡用心术去哄骗她们玩玩而已，千万别让我知道”。

人间发生情色之事，我不会大惊小怪，也不会反对，但我见过太多的恶心场面。男人们总像苍蝇一般，围着女性“嗡嗡”地侵扰，旁人一看就知道，对方也会领会这种意境，老一套的技术，太蹩脚，恶心。

当然，我后来被几位漂亮的小女生评议为“木头”和“老家伙”。

偶然的一天，我在街上遇到了其中的一位女孩，她见到我便高兴地陪我在茶馆聊了很久，在我眼里她还涉世不深，有更多令男人们心动的单纯和青春。这次见面又搭起了我和她们联络的热线。

于是，我在某日夜晚并不惊讶地收到这位女生发出的 call 机信号，她约我在江畔见面。我回电确认了一下就整装赴约了……

这位女孩诉说了贫困的家境，毕业后准备好好孝敬辛苦的父母。接下来发生的故事令我懵惑了……她带我去了她的寝室，向着她同寝室的姑娘们介绍我，指认我是她的男友，并请姑娘们出去玩一会，给她一个方便……姑娘们走后，她见我尴尬，忙解释说：没事的，这屋里的女孩全都带男友来过，唯独她从来没有男友。她发现自己很没面子，所以临毕业前一定要让她们看看她“优秀”的男友……“可是，”我说：“这不太合适吧，我的年纪都超过你一倍以上了。”她笑着说：“没事的，找成熟型的男人更酷。”“但是……”我又说：“你介绍了我的名字呀，虽说我名气不大，认识我的人还是有些的，她们会知道我有家室……”“对不起，大哥。”她走近我，怯弱的样子。她一定有了精神准备，因为她靠近我，有拥抱的企图。我说：“反正我脸皮厚，这下她们不再小看你了，我要回去了。”她问：“你一点也不想浪漫？”我摇摇头：“不敢了，情绪变了。”她紧接着问：“我不漂亮是吗？”我摇摇头：“不，挺漂亮的，我不想惹事闯祸。”

后来她挽着我的胳膊走过她们学校的草坪，走出校门，一路上有不少女同学和她打招呼，她笑得很灿烂。

表演结束了，在校门口我拦上一辆出租车。她感激地看着我离去。直到最后我仍然有许多看不懂的地方，这一代人真真假假，真把人生当作一场戏了。

23. 天无绝人之路

为什么不说“地无绝人之路”呢？路在地上，而中国人却祈天问天信天。这就是独特的“天道观”，它深深地扎根在中国人的文化意识中，并以箴言般的谛理，透过方块字的“字象”令中国人铭记。

天路，即思想和希冀的路，天空可以任想象和幻想的翅膀翔掠……

天无绝人之路，也是中国人绝对的英勇及浪漫。

中国人从来就把有限的生命投入无限的时空。

在中国许多俗话俚语中，常常隐含着有中国文化特色的“天道观”和“宿命论”。

譬如“谋事在人，成事在天”。这正是中国人特有的感悟，它远远大于理性的计算。

再譬如“天知道”。中国人善藏密于“天”，从俗性的事物上升至“神性”的天机，真可谓“天机不可泄”。

中国人相信头顶上不由得人类去操纵的天候，因为这是“天然”、“天命”、“天缘”的神之交流。

天有不测风云。苍穹有天理。

中国亘古就有“天上一颗星，地上一个人”的诗学基因，天际的奥秘引来人间神往。

而上苍藏有一个天大的惊奇，大地上的人们就会呼喊：“天哪”！

这一切均来源于“天无绝人之路”……

24. 因为老天爷更喜欢不完美的人

综述社会发生的、惑与不惑的、费解难释的种种奇事，其谜底想必就是此句标题。

不完美的人往往在不经意间，玩出“超完美”的事物。

正如我们常说的“运气”。运气的结构不为人的意志而存在，人对于它不可企及。

运气好坏，其结构相当天衣无缝，让人不得不逆来顺受或欣喜若狂。简直妙极了！疯极了！无奈极了……

你已经被设计！

你的计算方式太过完美，故计算结果与实际结果相去甚远。符合“人算不如天算”之规律。

我们企图完美，但是企图不讨老天爷喜欢，运气远远不如那些不完美的人。眼睁睁地读览了半个世纪人生、世间、社会和乱世……这是我的经历，所见所闻，我的最终结论。

而且许多不完美的人与事物，往往是“超完美”的过程。可怜我们这些完美主义者都备受折磨，屡遭败北，一路颠簸，尴尬又狼狈中自愧不如。这就是完美主义者的基本景象，完美已令我们坐卧不宁。

完美是一种疾患，严重的患者最终踏上漂泊的路。

25. 情感极冠位置

她要去远方的大山里，她梦寐于大山的远方。不知道梦中有没有情侣，假如真有，那么整座大山就是。

远方亦是情侣。

让我们用祈祷陪她远行，这是一场寻梦、寻魂的历险。热血仍在沸腾，幻想难以泯灭。她的情感最佳位置也许正是远方某一处山豁。

她说得模模糊糊，而心头的箭已然在向往中战栗。几乎是千钧一发……紧张，而不回头。

我们会看到一道风痕，几千里模糊的气候。地图纸张悚然起皱，向西南方位皱成一道流速。天哪，她正在梦见自己的大山！

远方。种植着羽毛的大山里，精灵梦游的天地之间，故事起叙的地界……某年某月，她开始亲证梦境，未知的情节勾起她怦怦心动，她对奇迹的诞现孤注一掷。终于有一场地动山摇的激情和浪漫，终于可能幻化为古老的相思树，终于还原在再生的元素周期里……终于，这一声叹息，来自一场众元素的合吟！

她要去远方的大山里。

(作为记叙人，我常常为某些故事暗惊。一支“在水一方”的歌乍然传入耳膜……今天也许是真正意义上的“情人节”，街上有鲜花丛中格外耀目的玫瑰。海风吹入整座城市的每一个细节，这个忽冷忽热的早春；人心都浮动在茫茫怅惘中。我记叙，因为它是人海中的秘密。)

穿越茫茫心路，去茫茫瘴雾的远方。人生就这样，在迷茫中逃往迷茫。

她是岁月的妹妹。（许多年前，岁月被辱的消息传至人间，我曾在一篇《世态》的文字里也记叙了。我找到了岁月受辱后的模样，从此像捍守贞女一样陪伴着她。岁月从此成了伴我漂泊四方的处女。）

妹妹仍处在命名之前，我期待她有个能唤醒良知的名字，人类的良知丢失得太久。

一种叫“魔幻现实主义”的戏剧（或者是游戏？）已经渗透世道。人类已经着魔，疯言疯语付诸魔鬼般的疯狂行为。

所以说，命名如同预言。一旦受命，即现兆端。岁月的妹妹是梦的胎儿，她首先梦见了“远方”——人神杂居的古典乐园。于是杜撰中的人物、地点以及随之而配置的场景进入可以书写的叙述。

她说的远方、大山，我知道，那是情感的极冠位置，她的神往去向。

26. 解构瘟疫及骚动

起哄之快乐掺搅着多种元素配方。

我们喜欢起哄，不但人类喜欢，凡是成群为落的生物都喜欢起哄。起哄是一场疗程，疯劲发泄后得以缓冲，生者的神经系统经过热量的骤变，有了张力。

起哄时刻，幸灾乐祸的魔鬼浮出水面……

起哄，具有强大的阵势和冲击波……

起哄的个体们相互都在怂恿着，相互成为掩体，互动中互纵互撑互功互利。让一个局势处在一种濒危阶段。起哄者到达快感的顶峰。

起哄的召感力、感染力是出人意料的，所以类同瘟疫。可以把瘟疫也直接看作起哄的菌群，也可以把起哄直接视为瘟疫的扩散……它们也统统具有骚动症状。

即使任何一种有具体名称的疾病，一旦像瘟疫般开始营造板块时，起哄便加剧发威。起哄的场面骚动起来，整个已营造成的范围内的本属于大自然的东西也全景式地投入起哄声势，浩大的骚情可以天翻地覆。

起哄给阴暗中的邪恶提供了生机，它们正是等候这种千载难逢的良机呀。一次成就较大的起哄足以臭名远扬（芳名最终也是这种历史性的目标）。

倘若你并无邪念，而且有健康的自信，你不会列入起哄的群体，这种群体趋同和失聪现象是受瘟疫侵蚀了，受怂恿欲动了的……菌群占领了一具行尸走肉。

而大自然最早的赋予是生命的自我修养，治疗是静悄悄的自我完善的事业。

相信我，起哄导致的快乐是最大的不快乐。

27. 祭祀所获

一脸的虔诚，为祭神灵、祭天祭地、祭亡魂。祭祀的典礼和过程越来越可疑。

现代人在失去人文心境之后，对神灵亡魂并不在乎，也没有前者的心境可在乎，那么他们究竟摆出这种传统尊崇干什么呢?

今天的祭祀已经是一场买卖或者经营，是无本万利的顺差、利润大大的器皿……都是苦难百姓的傻乎乎的血。

我真想告诉还有心境去寺庙敬观音、供菩萨的信徒们，你们捎上香烛跪跪拜拜，你们尽可以不怀任何企图去烧香磕头，但千万不必去把人民币写到你的功德簿上，那反而亵渎了自己心中的神圣。

神圣是一种文化，心到即愿祈到，你想改过迁善，自有可行人民币之善的地方，你可以去援助失学者，可以去接济失去饭碗的人，可以做很多可见度、清晰度很高的善事，千万不必对功德箱磕头了。现代寺庙的和尚是收保护费的，你要菩萨保佑，他完全答应，又无须签合同、写收据，菩萨应该保护的是穷苦人，但穷苦人恰恰没钱啊，怎么了?收费保护呢?有了人民币还需要保护干什么?天灾人祸，那是有劫没逃的事，该听天由命的。谁也保护不了，泥菩萨亘古至今都是自身难保的。信徒们都是肉长的，和尚也是一堆肉，哪点不凡或非凡呢?

寺庙常有节日般的祭祀活动和仪式，如同超市新品上市优惠和换季降价跳楼卖。香火很旺的寺庙方圆几公里内肯定有衣不蔽体、食不果腹的该上船被普度的众生。

28. 合谋从诱引开始，银行保险磨刀霍霍

七十年产权。

我们好像是五十岁的中年人了吧。对呀，怎么？要死还早呢，买房给孩子呀。

我们的父辈并没有房产给我们，我们也在世上活。

不一样，以后房产都是商品了。

知道，我活到七十岁才二十年，买七十年有何用？

为下一代呀。

唉，下一代不一定非住这里不可呀，我们住二十年的日子，孩子不会愿意和我们同住的。

四房二厅呀。

八房四厅也不愿同住，孩子们要独立的生存空间。实际上七十年只是一种设想，我有太多疑虑，我们住的那宿舍区，六层楼高，新楼分房至今才十二年，破得……再有十年不酥掉了？

高层……电梯……

别，别谈高层、电梯。七十年更可怕，七十年就这样？七十年是什么概念你想过？“文革”到今天才三十多年，变数太大了，玄之又玄。

首付几万后，两手空空后，去按揭十五、二十年的不动产，真是可怕，可怕它是不动的产业。

十五、二十年形同被绑了架，拿赎金。二十年中二百四十个月，月月要担心失业，担心出意外。二百四十个月还掉一笔贷款后，紧紧巴巴过生活多不舒心哪。

我坚决不会搬离十二年前分住的宿舍楼，它已经住下了我，又挤又不宽敞，格局陈旧，几年前一次性付了款，可以度过余生了。孩子们要住的房等到了时候再考虑。

房子不会让人满意的。莫说没钱买房，有钱也不去买房。有钱去玩去旅游，买可以动的事情。不动产是地主的事业，我就只能动二十年左右了，说不定命没那么长。动一动少一动，不动也烦人呢。

保险公司和银行想控住个人储蓄，就花招百出，只要你想分它们的红利，钱就死了。一万元去放二十年，二十年又不是二十个月、二十天，二十年等疯了，才一万五千元。一万元该花的时候真正的无形快乐和支配不是二十年后的一万五千元能等量价值的。

同样是陷阱，还不如去跳彩票的陷阱。那有趣，马上知道受了骗，而万一保险公司骗你，那也要在二十年后才真相大白，等这种上当受骗的信息也会吊坏人的胃口的。

倘若我们真有几万元闲着不急用的余钱，又何必去做投资呢？这也发不了财，穷不了富不了的人若有闲款应该直接投入永不回收的慈善事业，若一万元可以让一个人上大学，真值。一万元可以医救一个病人也值。

我们穷也穷了，穷不死就是定数，所以有资格穷。而富人有资格吝啬，有资格让钱生钱。

磨刀霍霍的庄严厅堂千万别去探头探脑的，你如果想被砍，那么就把闲钱放在澳门的赌台上，要见血就见血，也不必活等二十年才见到自己的血。

痛快就是一种实际享受的物质变精神的哲学，要痛就得快。慢慢地痛……谁想的这恶点子？

别被“七十年”、“按揭十五年、二十年”、“二十年红利”等好长时间的麻药给注进了头颅，那真是脑子进水了，不痛快。

你注意到城里那些行色匆匆的人，被按揭得失去了魂魄……焦虑呀，压力呀，哪有一点正经的表情，笑得像巫傩那样走形。我真的知道曾住在著名的中银花园楼盘的小两口，付了四十几万，还差四十几万，住了三年，生意垮塌，房子负资产抵押，欠了六七十万一屁股的债，打屁都不敢响大了声。他们并不能料想人生如游戏，谁知道股市也骗了他们呢，那些泡沫股还不如一块香皂可以洗个澡，这种仗势而欺诈的上市股份一夜之间砍倒了多少人。

行色匆匆中总会有人在劫难逃。

注意分礼品的地方不要去！

注意地下的金砖别去捡！

注意人民币无须减肥，但不要穿高跟鞋！

注意保险公司出动了女职员！

注意银行在发放避孕套！

注意阴谋的面具叫策划！

注意不要只注意扒手，要注意红利宣传单！

注意那些“最后几天”的字样，是最后几天的你死我活。

注意你一旦进入按揭你就会投保险、进银行，你从此为这些数字奔波卖命……

美好生活从不搬家开始。

美好生活是属于活一天算一天的人们。

美好生活从来不等同物质生活。

29. 你在口岸，我在岸口

琳琅满目，眼花缭乱。

约会的时间已经不能再错过，她说海边一家西餐厅……她清晰的电话声，我的脑子掠过熟悉的大道……掠至一家西餐厅的概貌。好好，我确定一小时后到达。

一小时后，西餐厅门口的咨客小姐向我鞠躬：“先生您好，请进……请问是一个人还是几位？”我走进绿色格调的厅堂，伸脖子遥望了一圈，同意在依窗的餐台上坐下，看看表，心想也许她开车受堵，反正我先到是一种风度。

过了十五分钟，我有些懵了，正想拨手机，它响了，只听她大声喊："你怎么啦，我都给你点了东西，你太慢吞吞了，每次都不痛快……"

"我……我"我还没结巴出一句整话，就糊涂了，问小姐："你这有楼上吗？"小姐摇摇头说："楼上是按摩区。"

我立即拨通手机，也喊："我坐等了十几分钟了，准时到的，怎么……你坐在哪里呢？"

"我当然坐在餐厅里，你快来就是，我慢慢吃着了。"

"我……你在什么地方？"

"你这人是生病了，现在还在问什么地方。口岸西餐厅啊，口岸下边的口岸西餐厅啊，记住了吧，快点打个的。"

我还是半个不明白……啊，这里只是叫岸口，西餐厅的名称叫蒙利莎，我忙问小姐有个叫"口岸西餐厅"的吗？她说："有，在口岸下边。"

口岸分上下，我起身，扔下茶水服务费，怯怯地走出厅堂……

好不容易在岸边等上一辆空出租车。刚上车，手机又响了，"喂，你来不了啦？我吃完了……啊？哇，你还在……哪？蒙利莎西餐厅门口？好好，你等着吧，我来了。"

而我的出租车却飞一样起步跑了十几丈远，我忙喊停，起步价还是要付的。

重新坐回蒙利莎厅堂依窗的餐台，翘首望着窗外花圃边沿的通道，望着一辆辆疾驰而过的出租车……奇了怪，这样足足望了有二十分钟，居然连个往西餐厅来的人影都没有，我忽然觉得不对，忙问伫立未变的侍应小姐：“小姐，还有其他叫蒙利莎西餐厅的吗？”她点点头答道：“全市共有三家连锁店。”

妈呀，这不又坏了么？她准是到别家去了。我又问：“小姐，哪家离口岸最近的？”

“有两家，在拱北路上。”

“好，买单。”我又扔下十元茶水费，匆匆离开。

又拦了一辆出租，往拱北直奔。

找了第二家，才见她望我一眼，她可能在压制着恼怒的情绪，喘了一口气问：“你知道我在等你吗？”

我点点头：“知道的，我这不赶过来找你吗？”

“我不知道你是很聪明，还是装糊涂，今晚的心情全毁了……”

“对不起，坐吧，我们重新开始，我还一点东西都没吃呢，真饿了。”我示意她坐下。

她坐下来了，但不说话，气嘟嘟的鬼样子。我有点不知所措。找不到话题，只好说：“吃点什么吧。”

她头也不动地说：“我吃饱了。你看着办吧。我也不能陪你了。”

至于这样让场面僵化吗？我又赔了一笑说：“实在是找错了地方，该我赔不是，别生气了，喝点什么吧，一块坐会儿。”

“很难相信你，自从和你约会以来，没有一次顺心的，我一直没想清楚，口岸和蒙利莎相差这么多，你约我总是漫不经心的。知道今天什么日子？我生日，本想约你一起散散心，一起聊聊，现在我的兴致全部结束了……”

“补吧，重新来。”

“……”

天意啊，两人约会几次，真是怪了，第一次说在磊石海鲜楼，我赴约时问出租车司机，司机说从没听说有“磊石海鲜楼”的，只有“雷明海鲜馆”，这个“磊”或“雷”字音是她强调的，那就雷明吧。后来也是折腾了大半天才找到“叠石海鲜楼”，她念了白字，还嗔怪了我一通。

第二次应该是去九洲大道的海珠宾馆了，而她说是“珠海宾馆”，确实都有这些宾馆，但她念反了，弄得我一头雾水，末了她生气走了。

今天算了，我站起来准备走，临走前放大了声音：“现在再次说对不起了，我要回去吃快餐了，我其实不聪明也不糊涂，早早就在西餐厅等，我真不知道口岸还有底下一层，以为你说的是岸口这边。你财大气粗地总不容别人解释，我也是很不愿尴尬场面的，估计就是天在捉弄我了，再见，我回去了。”说完，我匆匆往外走了，只听她说了一句：“哦，还挺有性格的。”

自古以来达不到默契的会晤，都不具备缘分，人与人的缘分一半在人为，一半为天意。你想想，天意不够，而且都是人为的错失。城市在连锁开店，而我们迷失在连锁的错误中。

我是吃便当快餐的人，不太爱吃“海鲜楼”、“西餐厅”、“宾馆”等这类地方的高消费食物，我是反了，装聪明，真糊涂……一遇女性勾引，跃跃欲试。试了之后证实，我一塌糊涂，顾忌对方的面子弄得很难堪。

认真破译一下，一开始她就在“口岸”，出入境的国门。而我在岸口，漂着悬浮物的海湾里，供渔船停泊的浅湾，没门。

30. 这张床铺为什么像煎锅

写字还未写出趣味，瞌睡虫爬满了七孔，眼皮黏黏的糨糊起来。那么爬上床铺，扒光裤衩睡吧。一上床却眼睛亮了，闭上眼，太强迫，反而睡不着了。那么等瞌睡来迷惑我吧……翻来翻去，把床单褥子弄得一团糟，睡意没了。

就这样，从床上跳下又穿裤披衫，坐不久又想上床，一夜要在几步远的路上走出好几公里长。走烦了才仰天躺着，眼睁睁地盯着白墙。

最后整个人都焦黄，眼角发红。面孔缩了水分，煎得干瘪瘪的。

老一辈人会说，夜里不睡易上火。我承认这有十分隐秘的道理，我没见到火，但我确实被煎熬得有了火气。火在哪里躲着？床铺四周除了几只长脚黑蚊，就是勤奋的蟑螂，还有热恋中的飞蛾。

一个字也写不出，写字眼就迷瞪，而不写了眼睛就亮了。存心不让我当作家。

终于天大亮，屋外的人声开始喧哗。睁了一夜的眼皮没弹性了，就松垮地垂落……这不是入睡，这是煎熟后的形状。

没有了脱衣解裤的意识，四肢可以折叠。

若果然狗戴帽子当了作家，定会有人赞美说：他日夜写作，足不出户。看看床下的飞蛾和蟑螂都受不了他的生活方式，它们也是找错了门户，遇上了活鬼，已经退化得爬不动、飞不起。蚊子也饿死了。

有一点可以说是得来全不费工夫的专利，那就是床铺下的老鼠都跳槽溜之大吉，它们来到这个“世界”上，除了吃过一点有化学胶剂的床脚板外，什么东西都捞不着。它们还剽窃人类的话本，丢下话说：这什么世道，都不管老百姓死活。老鼠姓老，原以为可以沾《道德经》遗产的光。在我这里根本漆黑一团。作为一名作家，日食汉字，夜上煎锅，食色两欲全在梦里应付，不然为什么睡得浑身虚汗，嘴巴发干？起床后刷牙，又洗澡，说明什么事都干完了。要想不让鼠窝入户，就得像我这样，挨老鼠几句骂而已。至于蚊蝇的叫骂声，权当没听清，也很少有它们这般倒了霉的运气，什么屋里不去，偏偏进入一位作家的“家”。

作家睡死了的那个世道，是有点失踪氛围，只要老鼠跑出去不出卖我，全世界找不到我梦到了哪里。

31. 门开着

每次回家都是清晨，火车晚上九点从深圳启动，一路上都是沉睡的夜色。火车仅停靠几个大站，直奔长沙只需十小时，七点左右就到达了。我开始打电话了，希望妻子能在宿舍大门前接我一下，以免我进宿舍区时让邻人看见我衣衫褴褛，又背着、拎着那么多东西的狼狈相。这次却偏偏响了几次，没人接，难道家里人都还在沉睡？孩子不会这样，她要去上学，每次七点不到就出发了，老婆不会睡得听不见电话……我实在没辙了就坐了出租车，往家的方向奔去。

一直打电话，家里还是没人。我有些着急了，眼看出租车快到宿舍门前了，我难道就在门口等？还是进大门，在家门口等？下了车，费劲地拿出好几个箱包，一大堆放在门卫的值班室。值班门卫见了我就说：“我好像看见你老婆牵了狗去菜市场了。”

“这么早买菜？”我苦苦一笑问。

“你老婆喜欢早起买菜、遛遛狗……现在都兴早起锻炼呀。”

我稍稍安心了，就在门口等一会吧。确实，十多分钟后，那条狗远远看见了我就吠了两声，老婆闻声看到我就疾步走来。她大声说对不起，但也责怪我怎么不先打个电话告知，她好去车站接。

有了狗在前面带路跑着，有老婆帮我背了包拿了袋，我自己拎个箱包就自然多了，一路上有去上班的邻人看见我，我从容地点点头。快进单元门了，老婆说你自己先进去，我给别人送了菜就来。我说："你开门呀，我又没钥匙。"她说："门没锁，开着。"啊？我真有点奇怪，她怎么可以不锁门呢？进了家门，我疑虑地看了好一阵，又到每个房间看了看。家里很挤，一个睡房，一个书房兼卧室，外面一个长形的客厅，后面一个阳台，阳台通后院，后院的门通宿舍区的绿化带……家里在一楼四通八达，居然不锁门！

老婆回家后，我责备了她。她笑笑说："紧张什么，又没什么东西可偷。"我说，书也会丢失的，还有……我也说不出哪些可以值得一偷的，凡能偷走的，总要有点换钱的价值，外面没贼进院来，宿舍邻人也许不会找这种麻烦，我家有的别家都有，还比我的高档。就是书房的书在这宿舍区是唯一的，但谁也不耐烦看书呀。

老婆也补充说，她特意把门敞开通通气。一楼回潮，再说狗在家时不关门就不行，它跑出去会咬人。就是说，家里没人没狗可以不锁门，家里有狗在反而要关门，这个家不防贼，仅防狗出去伤人。

这个事当晚有朋友来看我时竟引起了讨论，大家把话题引到很远的地方去了。先回忆我们小时候，家门从不关的，还扯到农村，农户们也不太关门。各家串门时可以进了屋找不到主人。现代社会反而人人自危要相互防范了。真是物质进步了，觉悟下降了……社会治安问题又一次跳上桌面。

……

无独有偶。我去看望一位多年的朋友，这些年自己在外游荡，许久未曾和朋友聊聊了。这位朋友离婚六七年了，现在独居一套父母遗留的一居室。他四十多岁，没有再谈婚论嫁，曾在信中谈及婚配之事，似乎有些逆反心理。现在独居很自在，偶尔也有文字在报刊上曝曝光，是个吃皇粮的体制豢养的文人，但为人善良，基本上比较收敛。我们交往很久，时有电话或信函表示想念。约好了，他们的传达室门卫却说他刚出去，也不知干什么去，所以什么时候能回来也不知。我猜了猜估计不会走远，毕竟约好了，他知道我用不了多长时间就会到的。在门口大约看完了几版报纸，看到他拎着菜回来了，后面还有人帮他用自行车驮着一箱啤酒，他笑着，挺着官方的肚皮说：“怎么不进屋去等，我又没关门。”

我暗暗有些触动，因为此情此景太像我老婆那个场面了，没关门没锁门，好像全世界怕了他们似的。

到了他单身贵族的精品小房，话题立即由我引入，就说及关门开门的问题。他认为没必要关门，他几乎从不关门，整个这幢房子的文化圈同事都知道，找他借东西可以径直取走，留张字条即可。

有必要吗？他吸吸鼻子，仰面望我，有些哲人对俗人的嘲笑意味。有必要吗？家里有什么？没什么可提心吊胆哪，抽屉里几个小零钱，房内一点破书破笔，电脑、电视、破冰箱、破沙发、破床……破破烂烂……唔，关上门？唔？

他这人就这口吻，我也知道他没嘲弄我。对，他说得在理，家里这点破玩意谁稀罕！

我老婆也是这态度……我笑了起来，说："你丢过东西没有？"

"丢过。"他说得很爽朗，"丢过，丢了好几次，不可思议……不可思议。"

"都是些什么东西？"

"哦，墙上一幅别人送的画，可能值几个钱，但很难弄啊，不是内行怎么出手？还有手提电脑，喏，还有一块石头……丢就丢了呗，别人拿去也无非是摆一摆，至少不是这幢宿舍里人拿出来摆，我倒愿意在院内家里。东西被拿走，都是继续用，不会扔掉的，也不过是换换地方，不归我把玩了……哈哈哈，就这理。"

"那你……"

"还不关门。统统丢光也不关。喏，单位的二手电脑打打我们这点破文字足够了，墙上也不挂了，厨房的米、油、盐……不会有人要的。"

"人家投毒！"我狠狠地说。

"那我该死。"

“晚上也不关门……睡觉、洗澡……”

“就压根儿没关过。告诉你老兄，过去我还有点想不通，现在想想统统通了。睡着了也没人背我走。洗澡有什么？光棍!”

“强奸你!”

“哈哈，我这样子，哪个女孩强奸我？她不自杀掉也可以送进精神病院了……不说这些。老兄，你手艺没忘吧，炒几个下酒的菜。哥俩不关门吹个痛快，晚上也别回去了，你老婆不关门也没事情发生，这世界告诉你呀，是很危险，但一定不会对我们造成危险……”

危险失效！我们都说到终点了。

进来一位邻人对他说：“我上楼时，整个楼层都回响着你们哥俩的笑声。”

他说：“门开着。”

日史基普火魂的千里召唤

这是一个让你看得热血涌起而沸腾不息的场景，这种状态下的无语是因为你被这火的膜拜震惊了！这个时刻你终于明白大凉山上彝人为什么有火一般的肝胆、火一般的秉性。

火，这大自然的神物！生活中司空见惯的橙黄色的燃烧体，在彝人的手上，在农历六月二十四的岁时，在大凉山的山坳间，在高原牧地，在白云萦绕雾气蒙魅的螺髻山下……它们让你看到火的诸多内涵。从文化意蕴上诠释出这个民族和火之间的历史结缘。

记得几个月前来到普格县，《普格彝学》总编、火文化研究会会长火补舍日就热情地对我说："我邀请你来参加我们的火把节，你只有亲自参与了，才会有更多的认识……"

我赶到普格县是18日晚，跟我一同来感受火把节气氛的是广州某报的记者。她听说大凉山的火把传说许多年了，这一次她付诸行动。这让《彝风》主编、诗人周发星分外激动，有说不完的大凉山故事要为她讲述……火补舍日老师知道我已到达普格，自然是很高兴，还在19日的"火文化学术研讨暨《火把魂》首发式"

的议程安排上，邀我做交流性发言。

彝族人民的心灵早已点燃了。我们走在普格县城的街头，姑娘们或妇女们都穿上簇新的红黄黑相间的服饰，都佩戴着各式银饰……她们从各条山道上走来，有的翻越了好几座山蹚过好几条河溪；有的带着孩子，背篓里还有几只鸡，在市场换上一些零花钱，可以给孩子买吃的。这是彝人的节日，山坡上早已蹲满了绰绰人影，各种小吃经营已经开始了……人们的脸放出红黑色的光亮：那份传承至今的血色的喜悦，血色的兴奋；这就是天赋的民族诚朴心理，火把节这个节气特有的活力。

我也被感染了，向路遇的陌生而亲切的脸一一微笑，内心暗暗地表达着由衷的感激……感谢他们热爱生活，热爱自己的土地，热爱这片与现代繁华都市远隔千里的山脉。守望家园的人们是必须要感谢的，尤其是彝族的高寒山区的人们，他们守护着这份祖先遗传的神圣，这其中的深远的追究，今天这个对物质趋之若鹜的物欲社会未必能真正地理解。或许现代化建设让城市繁华了，但是我们的山野、我们的牧地、我们灵魂可归的家园难道就该放弃而荒废吗?

直至今日，大中国的知识阶层天天在呼叫文化复兴，让我们回归到传统意识形态划定的“传统文明”中，然而知识分子们连自己也走不进这种作秀的传统。即使换上汉唐服饰，人们的面目也是如此獐头鼠目、狼狈不堪……传统的习俗是需要活的效应的，而不是一场政策政令可以恢复的。

你看这些大凉山上的彝族男女，是啊，他们没有城里人的那种优雅的白皙，但他们或许更为健康。在日史基普的阳光下，你会直接感受到生命气场，这正是人们可望而不可即的原生态。

直到今日，大凉山之外的人们无论如何也体会不了，彝族人活得那么漫长，他们以现代人的精神接力着祖先们的火把。那些先人的神话传说和当代人走出大山弘扬彝文化的节奏永远合拍。

火魂、火神以及火文化所蕴含的一切意义，都在某一特定的时辰，聚成一个节日，构成一场民众同欢的主题。火补舍日举着这次专为彝族诗歌奖及“火把杯”征文奖设计的“火把魂”说：“这是火魂的标志，既是彝文，又是火的形象。任何时候，我们都不能丢失这个魂，它在召唤一代一代彝人，把‘火把’传承下去……”

7 月 20 号那天，天空下起了雨，但是日史基普的火把会场很早就会聚了人流。举目望去，满山坡的人，影影绰绰地越聚越多。穿着选美盛装的彝家姑娘们早已排列在会场一旁……许多外地摄影记者正在寻找美丽的角度。

我在人流中穿行，身上被雨浇湿了，但心是愉悦的。我试着爬上后山去观望。上山的人络绎不绝，泥泞的路很滑，我也顾不得身上的泥点，今天就是此生的第一个火把节！

持续到晚上的兴奋，并没因疲劳而减退。我知道当人们亲自点燃手中的蒿杆，节日将进入高潮……火树银花的照片一时传遍了手机上的微信。大凉山正被火神庇护！

那天晚上阿什夷曲悄悄跟我说，明天带我去西洛，那里是日史基普火把节的发源地，那里的火把节更具原生态，玩起来更加狂野。

翌日我约上广州同行的记者和阿什夷曲一起向洛乌乡出发了……

洛乌乡的罗乡长是一位自称被彝化的汉人，我们到达乡政府的院子时，他早已穿着彝族服装迎接我们，他向我们介绍洛乌乡火把节的历届盛况，看得出他先于我们陶醉于节日气氛。他让我们先吃了地道的彝人食品——坨坨肉、荞粑、洋芋、酸菜汤后，再上山去看下午的表演。

火把场在高原上，那里有一块凹进去的盆地作为火把场。当我们翻过陡坡，抬头一望，啊！我们同行的几个人齐声惊呼。这场面太让人震撼了，山坡上人潮涌动，这个山坳竟然藏得下这么大的一个场面？这里可以埋伏千军万马呀。人们都在雨中等待。

巴莫曲布嫫竟然也蹲坐在火把场边缘的石头上，她早于我们来到了这里……雨越下越大，握完手，我们交谈了起来。

巴莫曲布嫫对于彝文化的研究是相当深入的，这种场合缺少她的身影，仿佛不可能。当“斗牛”的节目开始后，她比那些男人都勇猛，几次靠近去拍摄。我用手中的相机为她留住了一些瞬间。

我和巴莫曲布嫫在后山上不约而同地对一头面部长着白毛的牛加以赞美。巴莫曲布嫫和牛合影的照片现在还保存在我的相机里。我感觉到了，她对大凉山彝区的内在的情愫，她和大凉山血脉相通！

阿什夷曲问我，这次有什么感受？我一时无语，只能说，我要静一静，我在日史基普只两三天而已，但所见所闻的密度太大，堵住了我的思维。我要静下来像倒带一样，重新梳捋一次。大凉山彝区我来过多次，火把节和它的传说早已听说，但是真正到达洛乌乡后，我几乎喑哑了！我想，这是火把魂的召唤。

作为写诗者，大凉山一直是我的大学，彝人一直是我的兄弟加朋友，彝文化在汉文化的容器中一直有它强烈的红黄黑，一直是这样简练而坚韧的颜色，它们组成的图案让我魂牵梦绕。

有独立精神的群体

——纪念《独立》民刊十六周年

发星说了多次，让我写篇文字，谈谈《独立》。我到了他的普格县，住在他家好几天也没写成。后来他送我去西昌，陪我住在老城墙边的一家宾馆，让我聆听了他晚上的鼾声……走之前又说，要我空下来时写个纪念性文章。

我问："十六年了？"他说："对呀，1998 年创办的，第二年我们就相识了，你还给我寄台湾版诗集。"

难怪我是老头子了，这日子也太快了。

我和发星竟然交往十五年了，他是看着我长老的。虽说我们相隔较远，但我们是经常见面的——似乎。

我脑中风痊愈后不久，正在恢复阶段，他就邀我去漳州漳浦。

发星永远红光满面，讲话很激动。此次在他家，我们天天坐在他的小书屋里聊天，他拿出他买的一些书籍，讲述他去西昌买书的乐活经历……这个朴实而善良的人，他比彝人更像彝人。在普格县的彝文化研究会的墙上，发星也穿彝人民族服饰，根本不像汉人。

除了《独立》，发星还创办了《彝风》。在大凉山地域，他引领出一大批彝族诗人，写出了新世纪的诗。

这一巨大的彝人成果，去年已由阿索拉毅把它们集结成著。首版问世后，现已交由某出版社正式再版。为此，阿索拉毅和发星分别约我撰写评论。

一件任务性、义务性的工作，使我受益匪浅。我在阅读这个大部头的诗集时确实读到了几首非凡的长诗，这让我欣喜不已！

我去年去宁夏贺兰山考察岩画时受伤不轻，忍痛写完了第二篇评论（应发星的邀请）。我不想让发星太失望了。

发星的事情，我做不了；我缺乏这份热情，更没有这份耐心。而他不仅孜孜不倦乐此不疲地与彝地的诗人们互通着精神和信息，甚至于他自己省吃俭用，也要一批批寄出新鲜出炉的诗刊或资料。

你找他帮什么忙，他没有拒绝的，总是尽心尽力地去办。

从普格县城到西昌城，坐汽车摇摇晃晃也要两个多小时。这条路他来回惯了……也有不少远方的客人通过这条山路去找他，去探访这块诞生《独立》的神域。

我第一次是2001年带着台湾人杨平和雕塑家陈尚平去的。台湾朋友是要去看火把节的，结果他们到深圳的时间晚了几天，火把节已结束了，但他们还是想走一走大凉山。我们就不紧不慢地去了。发星及他的朋友们还是安排了几项彝人的节目，让异域海岛的友人见识了。住了几天，台湾朋友从普格出发去了贵阳探访哑默，而我则绕道盐源，去了泸沽湖、丽江、昆明，最终又在深圳会合。

发星从认识我到今天，这十五年的光阴，确实是和我有过多次撞击的，他喜欢我的率直和本性，也较接受我直言不讳的批评。

第一次去普格，领略了螺髻山下的那片河床，巨大的卵石铺开一道宽大的水道。河床上只有细小的流水，跌宕拐弯地沿着最底的石缝流动，水声十分动听。

几个孩童在旱地上唱歌，一个小男孩的鼻涕痕迹已干裂成痂，横挂在脸蛋上。我让他们站齐重新唱一遍，哇，小喉咙发出的童声穿透了旷野，响亮悦耳。我说每年春晚的节目真不如这几个孩子这般令人心醉……

就是那次游历，我写了好几首诗，而且如同脱胎换骨似的。我还听出了水流的地方口音。

我还会再来的，发星。

再次去大凉山的时机是美姑县的一次大型活动。作为全人类的民族文化遗产，彝文化是有国际性意义的。当时他们自治州在美姑县召开国际性的彝文化研讨会，同时举行盛大的彝人歌舞。我们作为旁观的代表去参加了这次盛会，会务主持人阿库乌雾是西南大学的彝族学者，也是很著名的诗人。他的会议日程安排让我们见识了许多平时只听说过而并未目睹的彝人的文化场景——毕摩作法和民俗日常生活。

发星和大家下去参观之前，专门在超市买了两大包糖果，他说到了乡下要分给当地孩子们吃。代表们分坐了三四辆豪华大巴在大凉山脉里游弋，从一个县到另一个县，走到了田野地头，看乡村的孩子们分到糖果后围在一起玩耍……地头妇女们织彝锦和斗篷。目不暇接的乐趣不在话下。

整个美姑县城像节日般的热闹，姑娘小伙都穿节日盛装，在一个竖着图腾的广场上跳舞。看见我们这些远道而来的异乡客，他们频频点头，尤其是三五成群的少女，她们伫立在一起观望我们一张张陌生的面孔……当你与她们目光交织时，她们会羞涩地笑笑，别过脸去。啊！这个彝族人民居住的山区太朴实无华了。哦不！太美了！

索玛花开的乡野村落就是太贫困了。

我和发星商量，让大巴车缓些启动。我奋勇地倡议每位代表捐款，我自己拿出了两百元，当时我身上只有两百元。代表们在我们的倡议下，纷纷解囊。这所小学太简陋了，虽说我们这点捐款根本解决不了什么问题，但至少可以让个别失学孩童重归校园读书。我和发星把几千元捐款慎重地交给当地的领导，县长开口说："这点钱要好好使用，下次我来时会过问的。"校长接过了钱。我让代表捐献的人及经手人签了字，也让县长签了名，交给了阿库乌雾。

离开县城的那天，闭幕仪式上，阿库乌雾把我请上了主席台，等待发言。我的发言一点也不重要，所以我利用有麦克风的机会，向美姑县的向我们微笑的姑娘小伙子们敬礼，表达谢意！

回西昌的途中我们有一大帮人，蒋蓝、史幼波、白郎、阿索拉毅、发星和我等。他们回各自工作的地方，但是在西昌我们还是有一个下午的时间闲逛邛海。

不经意间的相遇相聚，却也是生命途中难得而不可再复制的缘分。此后，我没有能再见到过其中任何一位朋友。大家都有工作生活要忙，大家都在苍天安排的各个角落……

但每每想起，很值得追忆。

最重要的是通过此次会议，结识了一大批彝族诗人中的佼佼者：阿库乌雾、阿苏越尔、沙马、鲁娟、羿子伊萨、克惹晓夫、吉狄兆林、阿洛夫基等，他们是彝族人的骄傲。过去只知其一，见到这些诗人之后，我对彝族的认知称得上是飞跃。这是个能歌善舞的民族，在任何时代、任何环境中，他们都在讴歌彝族人的历史，传颂自己民族的信念和创世神话：支格阿龙。彝族人的生活信念在华夏圈内应该是最强大的，他们生存在高寒地带，却健壮抖擞。看看那些巫师们的气质，一个个神情诡秘，却是一张张十分丰富的气象图。这批人生活在丛林中，若是在现代派的都市，他们的气场会受到毁灭性的撞击。地域的文化个性决定了一个民族的文化持久或断裂……关于彝文化我们汉文化可以借鉴许多许多。关于彝族诗人，他们耳濡目染的这些气息，也使他们多多少少有些民族性的特质。不可能是毫不相干的。这一点我从他们的诗作中已然明显领略到了。

比如阿索拉毅的《星图》，我曾批评过他，把部分注解化成诗行，注太多，有些本末倒置。但从所注内容来看，都是些诗人不得不弄明白和必须厘清的彝文化根脉问题。

关于《星图》，又不得不回到《独立》、《彝风》这个空间来说。

发星创办《独立》以来，他自己也有了质变性的飞跃。他从一个写写诗读读书的普格小县城里的特色人物，一下子有了太多的外界联络和信息。他的诗友在全国各地与日俱增。而他又是个有侠义之气的人，对于远方的朋友他义不容辞地去协助去帮忙，尽他的所能。

在《独立》之前，我承认如郑小琼、阿索拉毅、西域或者其他人早已在写诗，但是他们质变性的崛起，完全是《独立》提供的平台，是《独立》民间性的符号为他们打开让人们聚焦的窗口，才使他们鹤立鸡群般地彰显出来。

而且《独立》岂止是提供平台而已？它提供的许多气息和一些不为人知、难以语译的独立而自由的思想内涵，给了许多诗人难以磨灭的记忆或痕迹。

这是历史！

人们在制造历史（先不要论创造），《独立》也在制造一个个历史性的片段和场景。历史不去制造时，它的局部过于松散，气场不集中。于是人们在生活给予的乐趣中去制造一些声响……《独立》就诞生了。而这些历史，短短的十多年当中，确实有值得回眸的时段嵌在其中，或者嵌在其中的还有人类的思想和志向(它是有效的表达)。那么这个历史反过来说是被创造了。

未来者说：我们创造了历史！

是这样的，《独立》在制造历史的岁月里没有忘记一步一脚印地留下文本和痕迹。像《独立》这样有独立精神的民刊在国内并不多见，有些办民刊的诗人，其目的就是想闹出些动静或名声，引起体制注意，最终达到了被承认成为体制内的会员的结果。大部分人成功了，出名了，就只管去官方刊物发表了，而曾经的民刊只是江湖上的一只相识不相认的小船，不去乘坐了，也不去揶揄了，回避。

官方的，名家的，以及已经在作协诗协的，谁愿意到没有地位的民刊上去?

这就是中国，对体制趋之若鹜的中国人。

我活到了六十二岁了，我曾跟发星说过，写诗，这样玩下去，不为功名，不图什么，也可以不作为。我可以陪你。中国人太聪明了，做什么都有企图。教育已经开始品尝恶果了，这个写诗写作的人生乐趣早已泯灭。在物化的大环境中，少有诗人不被社会价值观打扰。他们整天在想着“成功”，出人头地进入风光人生。寂寞的地方他们不会去的！

《独立》默默地走过了十六年，这只小船上的常客就是我，我从不嫌弃它体积小、简陋、不大牌。我反而以能在这只小船上写下一段段人生历史而感到幸运。

我认识发星时，《独立》已创办一年了。第二年，台湾的黄粱想出一套大陆先锋诗集，我们就有了些联络。后来台湾诗集出版后我给发星寄了去，《独立》第四期就有“海上诗歌专辑（一）”。

现在回想起来，当年有许多值得细细推敲的地方。十多年了，也没有带黄粱去看一看大凉山彝族人居住地。倒是2001年时带杨平、陈尚平去走了走，他们至今还念念不忘睡在牛棚楼上被跳蚤咬的快乐惨景。尤其是雕塑家陈尚平，他十分钟情于稻草，他雕塑用的材料就是稻草，他在上海与我见面时还说，什么时候来大陆跟我去偏远的乡野玩。最会玩的人是我老海上了，一年在家待的时间不会超过两个月。

今天已与发星约定，去看火把节。

大凉山一直没玩透。我走了不少地方，对彝族人的居地十分注目，我也去了楚雄下面的彝族人村庄，去过毕节地区的彝县彝乡以及今天还想马上就去的有彝族人唱歌跳舞的“向天之路”。

发星把《独立》第八期空间又给我做了“海上诗歌专辑（二）”和“海上诗歌专辑（三）”。至此，我已然是《独立》空间活跃的飞鸟了。2000年之后连续几年，我先后在深圳、北京、广州谋生，养家糊口，发星也没少关心我，我出书方面缺乏的资金他也支持过。有些地方的刊物或什么有时把我的名字写上去，发星从未有过误解，他一直深信，我就是《独立》的写诗者。对！独立而自由的写诗者。

对《独立》情有独钟说起来不够理论，但它就是一种天意。当年我得知发星创办的诗刊为《独立》时，就十分惊喜。要知道当年在中国文坛诗界范围内，真正懂得人生独立的知识分子太少了。

就这样，我的惊喜和好感直到见到了发星后更加确定了我和他的缘分。

发星，在一个不大的小县城里工作、生活，拿着不多的薪水。和父母住在同一个小院子里，守着回家的路、老婆孩子和一棵今年已被砍掉的黄果树……他每到黄昏时要从院子后的小路上山，去瞭望一下他家乡之外的，极目能看到的山谷，那片山谷下也有河流、住宅和公路（我去看过）。他在绝顶处站立、抒怀，然后沿着小径慢慢下山回家吃饭……

发星的血气很旺，红光满面，仿佛时时处在一种亢奋中。他扎了一撮长发，相貌比彝族人还彝族人，在小县城很醒目。他没什么暴脾气，或说没脾气，总是谦和待人，心地善良，生活朴素，省吃俭用地用自己的收入办民刊。发星的这些行为极不容易，他的不良嗜好就是写诗。他对写诗的人特别亲切，他喜欢去西昌的旧书摊淘书，他宁可吃一份快餐，也要把书——所要的书扛回普格县他的小院子里，然后一本本地读，一本本地塞进他的书仓。

一开始发星还不会发短信，后来可能是他老婆教的。他是那种我所喜欢的“不聪明”、“木讷”、“迟疑”的人。这人太好了，所以欺侮他的人应该会惭愧的！忽悠他的人应该无地自容！

发星很注重培养彝地写诗的青年。当阿索拉毅把已编好的诗稿《中国彝族现代诗全集》发给我后，我受邀撰写系统性的评论，这部诗的诗人太多了，很难覆盖性地论叙，我竭尽全力大概地评论了一下重点和重中之重的长诗。刚完稿给阿索拉毅寄去，发星就来了信，要我再写一个包括一批诗人在内的评论，说等着用。他总是这样风风火火的。

我没有少领受他布置的作业任务，前些日搞的张嘉谚拟定的访谈，还有什么流派性的文章等。

过去为了阿索拉毅的长诗，为了郑小琼的诗，为了一个彝族人的画作，或什么摄影作品等，他会专门与我联络，专门指定性地做些辅助工作。发星很多时候在为别人而忙，虽说我写评论受累，但让我感受到了他对我的信任和友情。

他发现了什么诗人诗作，大部分会第一时间告诉我，我们这号人不妒忌别人，还要为之兴奋为之呼唤。仿佛我们是上天派来的发现者。然而总之所以于是也就是如此这般而且确实是发现了这么多的优秀诗人！

《独立》功不可没！

发星功德传世！

远在绵阳的女诗人周薇也是由于《独立》，通过发星和我联系上的。她是非常有理想的诗人，她的许多诗作已经展示了一代女性内在隐秘的世界和向往。她从发星手上读到了我的《自由手稿》，并给她带去了无限的人生思索……我说绵阳太远了，我根本没时间去关心她的成长。

还有神农架山麓的西域，他漂泊过，最后回到充满浓郁民俗气息的家乡生活。通过《独立》，他得知还有一个老头子海上也在《独立》上展翅……他更知道这个空间的旷世性。最近他出诗集，通过发星商量让我写个序，在普格时发星说了一下。回到家，西域发了一个短信要我给他写个短序，当时我岳母病危，我让西域赶紧寄资料来。我收到资料后花了一天一夜的时间，匆匆为他写了一个小序，一千多字。

现在我成了写序的老头，苦啊！

发星你不知道这苦差事，首先要读完人家的诗稿，然后还要思索，寻找他的灵性和要领，然后才能动笔，写得人都傻掉了。

评论也如此这般，阅读量太大，老头子我眼力已经不行了，患过脑中风的头脑经不住这般重荷思考了。

我的记忆力比过去差多了，那天在普格县，我问发星，《独立》以后将如何走？一定要有上升的姿态，这不是草创时期，也不是一定要跟风。别人出什么“丛书”类，当然那是有资本的。《独立》没这个闲钱，但可以做一些白皮书，只要东西够强，什么形式不重要。

诗歌不需要豪华，诗人只是在培育人生观，不是去社会上争名夺利，让那些风云人物去疯吧！而《独立》就是要在人世间独立！

《独立》的存在，使天下的好诗人都有了交流的机缘，都成了八辈子打不到一起的朋友，使每个写诗者都开阔了眼界，拉开了脚步。通过发星，我收到了不少个人出版的诗集，我也是会读的，我也想老了以后慢慢细读，发星让我写些评论，这么大一堆诗集，写起来谈何容易？

但这是个气候，当大家形成气候，当《独立》形成大气候，历史就凸现出来了，同时在这个时空下的人们也被存入了历史档案。有你，有他，有我们一起掀起的大风！

你等着看吧，这风从这里开始，将像蝴蝶效应一般！

2014 年 5 月 7 日于广州

后记

人生活着是减法，过一日少一天。生活着的时间是线性的，不可能是立体的。一直在行走，一直在玩，一直在思索，一直在做似乎是杂乱的事。不务实，也不理想，一年四季在眼皮底下就这么流逝了……

行走中我只是写写笔记。这项习惯是因为我对人生的留恋，我怕把一些活的过程给彻底忘了，不然为什么我时常翻阅往年的笔记——仍然对写得比较简单的世态浮影一点都想不起来？

所以，见识太广而吸收太少的我，有些时候怨恨自己。

这些年，至少近二十年，我学会了默默侘寂般的存在。独处是我此生最大的功课。

二十余年的不在场，就是被中国汉字缠住了。为此，我既不敢标榜声张，又不能对自己有个丈量（不知自己在这条寻找汉字的路上能走多远）。

这些年来，我在岩画的世界流连忘返，醉心于对它的解读。首先它大于所谓专家们提出的“原始艺术”，它是文化历史的表达，是史前人类用最直观的方式记载的重大民族部落发生的故事，而这些故事的体系主干就是祭祀。祭祀是远古人类最具觉悟性的文化启示，所以岩画亦是人类启示录。在没有成熟的文字之前，古老的先民已经有了表达事物的欲望，于是他们开始在石壁上、悬崖上、岩石上凿刻。

在这么大的天下旷野，去识知旷世铺就的一切自然物理事象，古人学着表达。所以它是一种史前之文。我们说“文字”这词语时，“字”仍然是“文”的思维载体。

有了“文”的漫长发展史，才会萌育出“字”的雏形。

岩画虽说并不直接抵达“字”的阶段，但它们的“文思”意境启发了“字”的创世。

岩画中最具震撼力的就是“祭祀”。譬如有些射猎画为组合的图案，都是为“祭祀”做的一些狩猎记载。

祭祀、繁衍（生殖和交媾等行为）或者部落的“釁”（衅）都发生于祭祀前后。我们汉字的结构里也隐喻着这些历史痕迹，而且汉字最早的开创都以祭祀为思维元素。而即使某些文字无关祭祀，但为祭祀而发现发明的字体单元都与祭祀脱不了干系……这正吻合了“岩画”和“文字”最原始的价值观。

汉字的研究是极为复杂的，不像今天的学院派专家，只是饱读了一些“术”意义上的书就可以闭门造车了。现在关于文字的史前史，还牵涉许多其他民族的同根同构，以及由边陲山地游牧民族到内陆中原等的争议和玄奥。彝族人的文字就是这种现象，它们仍由最最古老的原始符号构成。汉文字在历史上的变化也使汉字失去了大部分原始信息，讹传讹书的现象也打乱了文字结构中的构思要领——在历史的长河里几经演变，最终让今天的文字学家不得要领了。

汉字追踪，越追越复杂，尤其是源头的问题、与岩画的关系问题。这让我近一二十年的思考处于兴奋状态，乐此不疲。

岩画我一直在读，在临摹，在分辨它们的出世时段。

日常生活一直忙于写字画画，行走荒野。我为岩画特地去了宁夏贺兰山、大麦地……我一直闲不下来认认真真地写些思想性的文字。

最近一段日子还在抽空读读《金瓶梅》，并要画出每一章回的插图。湖南岳麓书社出版的一百回的《金瓶梅》共有厚厚的四册书。画《金瓶梅》完全是为了挽救自己写的文字。那是前些年的事，应上海东方出版社的约稿，配合上海某学院画家的一百幅插图，缩写似的按原著重新说了一遍，而且还要针对画家的每一幅定格场景叙说。等我写完后，上海那边不知什么问题，画家和出版社不合作了，我又没和画家交往相识，于是这事让出版社很尴尬，象征性地给了一部分稿酬，版权仍归我，这事就搁置下来了。

是朋友圈里的朋友提出，海上你自己也可以画呀，让岳麓书社出版。我说画一百幅不是容易的事。事后有三家出版社表示，等我慢慢画。我好像默认了。那年夏天我突发脑中风，所有的事情全部搁浅了……

严格地说，身体恢复至如今这样的康泰，还是今年上半年的事。

这让我更有时间紧迫之感。我答应的事都还在，但事情得一步步来。捋清楚了主次，我想我能一项项完成所有工作。

得感谢余丛先生的督促。我六月份来广州办场规模不大的画展，在广州逗留期间与余丛在小洲村不期而遇，他就说我要多写些思考性的思想随笔。九月份我在韶关的某山玩，余丛电话打了进来，让我一定整理一下手头的随笔、散文类的文字，准备做一本书的量。我当时真不敢应允，过了这么多年的侘寂般的生活，远离城市热闹，更远离诗界的喧哗，像一件久弃不使之旧物，所钻研的也是颇不热门的东西。

我答应余丛先生以后会好好整理一些思想性随笔，并不会延误我读岩画和画岩画的工作。

年纪往衰老走，我读岩画的文字，还有关于解读汉字的文字，还有……这老命够不够使呢?

我会像孩子般努力的!

本集的书名，也是取侘寂之意，我就是这气息里的魂影而已。

若有参差之憾，还望多多批判指正。

人生一不小心已过了花甲年华，我现在会多一些珍惜和理性，因为我虽无大志，也不设理想目标，但是我有一种必须干、非得干的干活冲动在，我不可以浪费光阴，也不可以干任何无德之事，不然上苍会收了我。

我只是尘世的一个微粒，在世的时间就那么长，有幸活一场，世上走一遭，偶然大于必然。

谢谢老天的庇护，谢谢让我活着，并让我见识这么多的事物和人物。

海　上

2014年10月2日于广州天河